獻給我的父母

LAND OF BIG NUMBERS

作者——陳德平

譯者——雷讓萌

強國

目錄

露露——9

熱線女孩——49

新的果實——79

一段婚姻的田野調查筆記——101

飛行器——135

你住的那條街上——161
上海囁嚅——199
眾數之地——225
美麗的國度——259
古北口精神——283

LAND OF BIG NUMBERS

LU

LU

露露

我們出生的時辰，是事前謹慎預訂的，這台冬日的剖腹產手術時間剛好在馮醫師的午休。醫生先把我拖出來後，是怒不可遏地啼哭，像是退房前被硬生生叫醒趕出房間的房客。她緊接在後，安安靜靜，一開始醫護甚至擔心她沒了氣息，直到拍了拍她的背，她才隨著我哭了起來。他們把我倆擺在一塊，一個男孩、一個女孩，這兩個本來沉潛水中的生物，忽然肺裡被強灌了又冷又乾的空氣。

基於和我叔叔是老同學的交情，馮醫師為我媽動了手術。要不然，我們應該會在街上另一頭的醫院裡出生。前一年有位孕婦因為剖腹手術失敗，失血過多死在那裡。家屬在休息室裡苦等了好幾個小時，最後準爸爸才去敲手術室的門。一群人在無人回應之下合力把門撞開，才發現奄奄一息的母親躺在手術桌上，血流了滿地。她孤身一人倒在那，動刀的團隊早把牆上寫了名字的醫事執照撕去，手術苗頭不對，就一溜煙跑了。

故事的一開始我們就很幸運，兩人有彼此作伴當然也是一種眷顧。雙胞胎如我倆不受政府的計劃生育政策約束，兩個胚胎還在母親的肚子裡就自帶光芒。

人生頭幾個星期，我們的頭顱一凹一凸，是在子宮裡互相擠壓出的形狀，好像兩片緊緊扣在一起的拼圖。後來的人生中我們分隔兩地，當我偶爾想起她，我會伸手摸摸後腦杓，好像在尋找不存在的幻肢。

我們算不上什麼特別的家庭，母親是倉庫管理員，我父親則是公部門的環衛職員。爸爸四十七歲的時候，部門的領導決定蓋一座像歐洲鐘塔的公廁。這領導滿腦天馬行空，曾經動念想成為藝術家。去過歐洲的他非常欣賞當地廁所的整潔以及迷人的建築，想把兩者合而為一。如同大部分的藝術家，他的自尊心十分脆弱，我父親企圖對計畫的龐大開支踩剎車，不久就被這位長官革職。他一輩子就只幹了這麼一件照自己意思來的事，卻賠上了烏紗帽。

廁所直到今日都還在原地屹立不搖，拱狀的水泥牆沾滿汙漬，看起來滑稽不已，裡頭像是排水管道中陰冷又潮濕。灌漿塑成的水泥鳥好似要從尖塔頂端向下俯衝，一副被裡面的競爭對手掃地出門的姿態，整棟建築物聞起來的確像臭不可聞的鳥舍。你絕對不會相信這個案子居然花了二十萬元，不過露露說實際上可能沒花這麼多；大部分的錢大概都進了部門領導的口袋，藝術腐化生活；生活也敗壞藝術。

從露露十歲開始，我的父母就對她崇拜有加。她的聰敏很早就鋒芒畢露，好像山頂上被賣力揮舞的一面旗。我的父母教育程度不高，他們對自己擁有這樣的女兒驚訝不已。

我們小時候是彼此忠實的玩伴，露露很會發明遊戲，玩法常常結合她當下讀過的東西。有一次我們扮成臭蟲，得找到正確的葉子下蛋；還有一次我們變身牧羊人，要逃離蒙古入侵者。露露比我勇敢地多，有一次住在對面的老太太下樓拿信沒關門，她還偷偷溜進去老太太家。

「裡面到處都是報紙，堆得跟你頭頂一樣高。」露露興奮地說，跑回來的時候眼睛都亮了：「沙發上用十字繡縫上了一個好大的橘子，還有牡丹跟六條魚。」

她的童年無時無刻都在閱讀，就算是坐下來吃飯，她也盯著果汁盒背後的字讀。她肯定已經來回看過千百次那些字眼：阿斯巴甜、玉米糖膠還有紅色九號。她並不是有意為之，而是眼睛沒盯著書頁看就好像渾身不對勁。條列式的清單讓她狂熱不已，才十一歲就已經記住人體每一處骨骼的名字，晚上常常怪聲怪氣地背出來給我聽，拿枕頭捂著頭的我聽見：「胸骨、脛骨、浮肋。」

讀中學的時候，為了對抗她的天資聰穎，我沉迷於各式各樣的電玩遊戲，花上好幾個小時拿著槍揮來揮去，穿越一片黃沙瀰漫，除了前來索命的敵手之外空空蕩蕩。我們一夥人大概有六七個，常常到我朋友行健家裡作客，我們一起輪流玩，換手時就幫別人加油。我們是所向披靡的軍團，如果出師不利，隨時可以按下**重新開始**鍵，這個按鈕就是遊戲的終極武器。

那時的露露則可說是模範學生中的翹楚。她拚命學習，整個身體縮在一起、筋疲力盡，像是每天跑馬拉松的運動員。晚上時間一到，她話不多說就上床睡覺。我媽餵她吃燉香菇，菇柄拔下來看起來就像小腦袋瓜，她說這有助於露露的學習。她也會給我吃一些，但學業成就的部分很明顯只指望女兒，而非寄託在兒子身上，可不期望香菇在我身上有什麼具體成效。

我們考大學時，露露毫不意外地拿下高分，考進首都的大學，必須先坐巴士，換搭火車，再坐飛機才到得了。我母親哭了，她說是喜極而泣，不斷念叨著：「讀書的料啊，真是讀書的料。」她總喜歡提醒我們，她跟爸爸沒上什麼學就去工廠工作了。

「我們都以你為傲。」爸爸跟露露說。他的神情中有種熱切，讓我感到失落。我們的教科書上有一幅黑白的歷史圖片，裡頭是張羅宴席的太監，眼巴巴地看著皇上餐桌上的食物，總感覺兩者臉上的表情有些雷同之處。

露露搭機離開的前一晚天空湧起密雲，日暮之時的天空橙色與赭色奇妙地雜揉在一起。當天稍早父親送給她一份禮物——一台專屬於她的筆電。厚重的電腦乘載了不可限量的前途，像是一塊厚實的蛋糕，外殼是藍色的塑膠。這台電腦不像我們共用的舊機種，操作不流暢且不時卡當，鍵盤因為油脂、碎屑還有毛髮黏呼呼的；按下新電腦的鍵盤時，按鍵會順勢往下沉。我滿心嫉妒地看著這台電腦，喉頭梗著想說出口的話。「不要擔心，你離家的時候也有一台一模一樣的。」我爸這麼說。

在機場的時候，我父母的表情簡直像被遺棄在邊境的難民一樣。我爸說：「露露，要守規矩啊。」我站在那裡發窘，還有些忿忿不平。露露轉過身，比了個「Yeah!」的手勢，往安檢關卡的方向穿過，我們看著她的粉色帽T以及帶斑馬條紋的棒球帽在人海中縮小，然後消失不見。

一週之後我也啟程到新學校上課，送行的陣仗明顯小了很多。開車一小時就能到學校，建築物給人一種空虛的感覺，多年前動工的計畫曾經雄心壯志，但早已被人遺忘殆盡。冬天的宿舍房間凍得滲人，水泥牆好似把所有濕冷的空氣都牢牢抓著不放，緊緊貼著你的肌膚。整棟建築看起來有模有樣，但實際住起來卻不比帳篷好上多少。

我認為宿舍能連上網路，是大學最棒的一件事。我二樓的房間裡還有其他五名男室友，共用搖搖晃晃的雙層金屬床，上頭蓋著蚊帳。蚊帳夏天可以避免蟲咬，同時也有種若有似無的隱私感。晚上我們坐在電腦前，你可以聽到同一種來自訊息提醒的叮咚聲，細微的聲音從地面、天花板、還有牆面迎著我們而來，好像一群看不見的電子蟋蟀闖進室內。

我還沒老到會想念露露。總之，每次我登進去那台既順暢又拉風，跟我妹的機器如出一轍，擁有藍色塑膠外殼的新電腦時，都會看到她的狀態寫著：「**在念書**」、「**去上課**」，有些狀態比較有創意，像是：「**沿著綠色的河漂流而下**」、

「**挖掘一顆無邊之石**」。有時候等遊戲隊友上線，我會把這些狀態拿去搜尋，部分出自於古老的詩人，但其他的句子我猜是她自己想出來的。

我那個學期戰死許多次，但也收集到了好幾百枚金幣，一開始是巫師，後來升級成魔導士。同寢的男孩全都遊戲玩上癮了，我們一路打遊戲到晚上，戴著耳機叫囂，直到半夜電源被切斷為止。課有沒有去上無足輕重，重點是期末考，考試的準備大致只要死記硬背十到十五頁的影印筆記就可以，學長會賣給我們。老實說，我根本不知道有誰真的去上課，我可以想像老師們帶著筆電坐在空無一人的教室前面，一隻眼睛盯著時鐘，可能在玩他們自己的電玩，也可能打盹補眠。

我們升二年級的時候，我不經意搜尋了露露的一則狀態，發現了唯一一筆搜尋結果：一個公開的微網誌，大頭貼是一隻打著哈欠的黃貓。裡頭發了好幾十條動態更新，大部分是一兩行露露在狀態裡貼過的那種詩句，我看完後肯定這就是她的帳號。她在個人簡介裡寫道：「**求是**」，那是從共產主義「實事求是」的老綱領來的，但是她的帳戶名字叫作「**求主食**」，讓我笑了出來。你看到她本人時絕對想不到，她可是個大吃貨，能一口氣吃掉好幾把麵條或是油條，都不用休息的。

有天有人來敲宿舍的門，我去應門後發現是同學，正對我壞笑。他說：「你妹來了」，我一時不知如何是好，只好先下樓再說。她人已經到了，穿著復古的補丁藍夾克，就像是五〇年代常見的款式。微笑的露露頭髮綁了兩個辮子，背包斜背在一邊肩膀上，她說她加入了大學辯論社，一行人正在參加比賽的路上。她叫我：「大哥哥！」——這是她以前的玩笑話，因為我只比她早出生一分鐘：「想請我吃晚餐嗎？」

我提議去學校餐廳吃飯，但她想到了更棒的點子，拉著我的手往學校大門口的咖啡店走。這間店叫作「好食O.J.」，招牌上主打義大利麵。我經過這間店無數次了，但從來沒有走進去過。餐桌上擺著玻璃杯，椅子是坐來不怎麼舒服的白色藤椅，你稍作移動就會發出嘰喳聲，一致配色的白色花瓶裡插著塑膠假花。露露拿起菜單，信心滿滿地點了一個披薩還有番茄義大利麵給我們倆一起吃，一副熟門熟路的樣子。她繼續加點：「飲料要咖啡，請給我們一些麵包。」

我盯著她看：「你看起來滿開心的。」的確很開心，她說自己要去往南一小時車程的學校參加辯論比賽，特地搭公車來看看我。我問她爸媽知不知道，還問她要不要也去探望他們。

她笑著說：「不用，我們明晚就搭飛機回去了，但我想來看看你。」在她旁邊，我覺得穿著橡膠涼鞋、T恤還有短褲的自己好年輕。她問我課上得怎樣、朋友人如何，我跟她說我用電腦看了不少電視節目，還玩了更多的電玩。最近我跟一群挺強的俄羅斯青少年組隊，我們的語言不通，所以只好靠破碎的英文溝通：「**別擔心，我有鬼怪公主！**」、「**不不不，你太菜了，搞什麼！**」

「我知道你覺得這純粹在浪費時間。」我說。

「我們學校也有很多人在玩。」她沒有正面反駁我。

「你知道，現在打遊戲已經變成一種職業了。」我說：「有人會辦比賽，有機會贏得相當豐厚的獎金。」

我突然羞愧起來，整晚直到此時此刻，我們都在聊我的人生。我應該沒有問她任何關於她自己的問題，到了即將告別的時候，她才主動提起幾件事。她說，她懷孕兩個月了，跟孩子的爸爸正在熱戀中。

我差點被咖啡嗆到，露露等我整理好情緒，把剩下的故事都和我說了。孩子的父親是高年級學長，讀的是會計，來自東北一個貧困的縣。他們不會留住孩子，但她跟張偉幾年後可能會生下另一個小孩。露露說：「等我們結婚以後」，口氣有種冷靜的胸有成竹，讓我覺得驚訝。未來某天，他們希望能夠一起出國旅行。

她跟我說了更多有關張偉的事，小心翼翼斟酌著用字遣詞：「他跟其他人不一樣，具有一種高貴的特質。」這個字用得好奇怪、好老派。我直愣愣地望著她。

「你確定嗎？露露？」

「我很確定。」

我突然有點嫉妒她，坐在那裡的她看起來如此堅定。我又何曾對任何事情有過如此的把握？對露露來說，什麼事都水到渠成而且充滿信心：作業、考試的答案、大學生活，現在連愛情好像也不例外。

帳單送了過來，我沒帶夠錢，所以她結了帳。離開餐廳時她說：「謝啦，大哥哥。」本來我覺得她語帶諷刺，但說這句話的她看起來卻誠心歡喜。我們走向透著藍色的日暮時，她向我坦承：「我還沒跟任何人說。」眼前就是校園方方正正的水泥建築：「我知道你值得信任。」

我第一次感覺到自己是值得信賴的人，知道自己被暗中評價而且沒有失格，令我鬆了一口氣。我回她：「當然囉。」

接下來的幾個月，我更頻繁地察看她的帳號發文。我從中找尋她生活的吉光片羽：像是一團團黃色連翹在春天綻放的相片，或是更多稀奇古怪的詩句。我腦海中浮現她的樣貌，在這個國度的另一端，對著同樣有著藍色外殼的筆記型電腦，按下**送出**。

那年秋，她開始每天張貼有關徐磊的貼文，當時連我都知道這個人是誰，很多人都會提到他的事情。他本來是大學學生，有天在 KTV 外頭被警察帶走遭到毆打，於拘留期間去世。他死前的照片在網路上傳播，穿著短褲的他雙腿消瘦戴著眼鏡，穿著一件寫著「Let's Go」的紫色上衣。他跟朋友唱完歌在 KTV

外頭站著，喝得有些微醺，警察叫他們不要逗留的時候，徐磊反唇相譏激起警察的怒火。他的朋友全程錄影警察毆打他並把他送上警車的經過，每當網路審查移除掉這段影片，又會有人重新上傳。

大部分的時候，露露只是轉發別人的訊息，然後加上自己的標籤「#還徐磊公道」，或者是憤怒、皺眉的表情符號。有的時候，她會加上一段自己的註解：「**這個國家、這些警察，簡直太黑暗了。**」

警方公布了驗屍報告，確認徐磊的死因是心臟病發。這個結論立刻就遭到網民的冷嘲熱諷，因為徐磊才剛滿十八歲。驗屍報告認定徐磊死亡之前工作操勞且睡眠不足，結論還說：「年輕人心臟病發作導致死亡。」這個句子很快就在網路上快速傳播，直到審查機制把它過濾掉為止。露露看來很不滿，在自己的主頁寫道：「**我這輩子都勤奮學習，覺都沒好好睡，難道我也要『被心臟病發』了嗎？**」

從那時開始，露露更頻繁地在網路上活動，一開始她只是轉貼其他帳號發表的新聞：奶粉汙染造成三名嬰兒死亡、大學招生主任收受賄絡醜聞曝光——

這些事我們都知道，都憤憤不平。

　　幾個月後，她開始大量張貼圖片跟影片到自己的主頁上，這些影像讓人驚訝不已。我完全不知道她是從哪弄來這些東西，都是各地零零星星的街頭陳抗，一部分是照片，其他影片則通常只有短短幾秒，很少會超過一分鐘。影片的內容大概是：**湖北瀘州市天北區蒙山村，十名村民在政府機關外頭抗議一名當地婦人之死**；或者是**在山東彩光市泰寧縣華齊村，五百位工人集體罷工三天，抗議薪水逾期未發**。

　　相關的貼文有好幾十篇，大部分看起來都差不多：穿著淡藍色襯衫的警察，群眾聚集在街上叫喊著，有時候有人倒在地上被拳打腳踢一頓。有一部影片中，幾個男人想要把警車給翻了；另一部影片則紀錄了一群村民的怒吼，一旁的地上燒得一團焦黑看起來相當駭人，像是人的形狀。

　　這些東西好像來自一個我從未造訪過的國家，使我心如亂麻，不知該如何是好。看到自焚的影片過後，我決定發訊息問她：「**你還好嗎？**」過了幾個小時，我收到了回訊：「**嗨，大哥哥！我過得很好。**」

「你在北京嗎？」

「當然囉。」

我看著閃爍的游標，我從來沒和她說過自己知道她用來發文的帳號，我擔心自己如果問些什麼，她會不會覺得我不再完全值得信賴，好像我是在監視她一樣？

最後我回了一句：**「北京應該很冷吧，記得多穿一點。」**

那年的二月，我們兩個都回家探望父母，一同慶祝春節。我負責做餃子，切碎茴香跟韭菜，再打一顆蛋，快活地攪拌著。我心情很好，因為前一個禮拜，我們的隊伍才剛剛打進地區賽，贏得了一整個月份的泡麵，還有炫耀吹噓的特權。**重來**、再**重來**，我對快捷鍵如此熟悉，有時半夜醒來手指還會有本能反應，糾纏在一起。

露露看起來卻心不在焉，常常都要叫個兩次才有反應。有時半夜爬起來上廁所，會在客廳看到一道光，代表她還醒著在上網。有天晚上，我們在電視旁圍著看春節聯歡晚會，這是每年的例行公事，由國營電視台負責統籌播出。節目裡充滿老掉牙的小品、愛國歌曲、還有無聊鬧劇，全國人都在收看。我打了聲招呼以便暫時離場，然後上網登入去看露露的帳號貼文。最近期的貼文是當天晚上發出來的，剛好就在我們就座吃飯以前。第一行字加上了引號，是這麼寫的：「**如果你想要了解自己的國家，那麼你已經走上了犯罪的道路**」，下頭緊接著補了一句：「**同志們，春節愉快！**」

我禁不住渾身顫抖起來，然後登出了帳號回到客廳。爸媽坐在沙發上，露露則搬了張板凳坐在他們旁邊。他們的臉龐對照著電視上閃動的色彩顯得黯淡，此時加入他們的我正偷偷看著我的雙胞胎妹妹，卻感覺好陌生。

隔天一早，我們出門替媽媽跑腿買些麵粉、豆腐乳還有絞肉。往超市要走一里路，同行的感覺特別奇怪，這是她到學校找我後，我們第一次單獨相處。路上經過的公園，是我們小時候常常一起玩耍的場所，可以聽到孩子嬉戲的聲音。那天是個大晴天，暖意輕輕撫慰著我的肌膚。

我問她：「那句語錄是從哪來的？昨天晚上那句。」

她繼續走著：「什麼意思？」

「我一直都有追蹤你的帳號。」

「我不知道你在說什麼。」旁邊走過的路人遛著小狗，狗兒的臉皺巴巴，好像香腸打結的那道口，露露對著它發出嘶聲怪叫著。

我停了下來：「露露，拜託，我很擔心你。」

她離我幾步路，終於停了下來，叉著手但沒有轉身看我：「你怎麼會知道？」

我跟她解釋我是透過詩句搜尋到的：「別人知道那是你嗎？」

她聳了聳肩：「有位教授知道，還有幾個同學。」

我要她多透露一些資訊，她才不情願地說，自己被某位同學向系主任舉報，有一位老師單獨約談過她，委婉地警告她停止網路上的活動，不然恐怕會「影響」到她的前途。

我說：「他們可沒說錯，你不擔心自己會遭殃嗎？」我還記得她上傳的影片中，有一則是一名婦人跪地哭喊：「政府背叛我們！政府不為人民服務！」

露露站著不動，盯著我們前面的小型商場，好像要把這景象默記在腦海一樣。商城裡有間橘色招牌的速食餐廳，難吃至極，還有三間補習班，以及兩間房地產仲介的店面。

我繼續追問：「那爸媽呢？」他們都已經退休了，兩人領著不多不少的退休金，我不禁想到被收回的可能性。不管怎麼說，露露的前途如果毀於一旦，那才是最大的損失。我一想到自己必須得獨力撫養年長的雙親，胃就不悅地抽搐起來。

她點了點頭，才終於回應了我的疑問：「當然，我又不是傻子。」

「那麼，你會收手吧？」

她盯著我看了一會，神情有點恍惚：「你知道宋朝的時候，寫字的紙是不能亂扔的嗎？」接著補充：「大家得去一種特別的寺廟，把這些紙放到聖火中燒毀。他們非常敬畏手寫下來的文字。」

我想要搖一搖她，但還是作罷：「這跟我們說的有什麼關係？」

她又繼續往前走。

「你是從哪找來這些東西的？」我問。她微微挺起身來，向我解釋她下載了一個可以解開海外網站屏蔽的工具。她說：「技術方面不困難，但很多東西一下就被刪掉了，你必須不斷重發。」

她又認真地補充：「我從來不知道這些事情居然一直在發生，我們很幸運。」

「我們又算不上多有錢。」

「爸是在體制內做事的，我們過得很舒適。」

我們當然還過得去，但我和她說，很多人和我們一樣，這也不代表她必須去主動招惹麻煩。

她反唇相譏，突然對我生起氣來：「總比整天打電玩好吧，玩電玩的意義是什麼？」

我的手仍然插在口袋，聳了聳肩，然後多吸了幾口氣讓自己冷靜下來。看到露露生氣的感覺很奇怪，她平常是如此冷靜的一個人。我只好說了句：「好吧。」然後繼續向前走，避免眼神交會。我們兩個人進去超市後走散，好似終於如釋重負。

回到校園，春天帶來了半透的白色花苞，像小小的洋蔥心灑落在樹上一般。鳥兒的吱喳日漸嘈雜，霸道地日夜在我窗外嘮嘮叨叨，總讓人睡不好。露露從此不再發文，我相當高興。我開始在鬧區的餐廳打工，那裡專門辦鋪張又昂貴的酒席，必須準備肉製冷盤、魚翅燕窩、還有黃瓜雕花做的擺盤裝飾，看起來就像縮小版的孔雀。我喜歡工作那種節奏還有重複的感覺，每天晚上打烊前刷洗並把物件歸位的例行公事，總讓我有滿足感。

五月的某一天，畢業將屆，我回去查看妹妹的帳戶。露露已經好幾週都沒有更新她的聊天狀態了，上頭只簡單寫著「不在位子上」，我開始擔心起來。

果不其然，跟好幾個月之前一樣，她又開始瘋狂發文，好像失去控制在一天之內就發了四十三則貼文。內容諸如從全國各地傳來的抗議剪影、那些她曾經貼出的影像以及照片、還有很多則簡短的貼文，一則接著一則：凌晨3:34分：「**如果這個國家是一種蔬果，那肯定是爛掉又發臭的甜瓜。**」凌晨3:36分：「**我是政府衛生文員的女兒，我知道大糞有多臭不可聞。**」凌晨3:37分：「**很抱歉，朋友們，今天發了這麼多文有點累。生命中也還是有一些美好的事物存在。**」接著她發了一系列小羊蹦蹦跳跳的圖片，小小的蹄子從青草地上彈起。凌晨3:41分：「**好啦，我差不多該去睡了。晚安了，同志們，明天見。**」

未讀的貼文怎麼樣都讀不完，從我停止查看後，已經累計了好幾千則。越看我越覺得毛骨悚然，等我回到頂端時我的胃已經攪在一塊，不知不覺中她已經累積了八十萬名追蹤者。

我慌亂地傳訊息給她，手指在鍵盤上慌亂地掃動：「羊是什麼意思？」

幾個小時後她才回我：「**你喜歡嗎？**」

「**還好。**」

「**真抱歉，大哥哥，我停不下來。**」

我坐著不動，看著一閃一閃的游標，好像緩慢的脈搏。

「**很多人都在關心你的一舉一動。**」我不知道該說自己是驕傲、擔心、還是生氣，但我想可能三種情緒同時並存。

「**是啊。**」隔了好久，她才又回我：「**別傷心，大哥哥。我覺得這是我該做的事，你不覺得嗎？**」

「**我在上班了。**」我希望她可以感覺到我回應裡的憤怒：「**快遲到，先走了。**」

畢業之後，她搬到北京跟男友張偉同住，架設了自己的匿名網站，上頭不斷更新國內發生的抗議還有人權侵害事件。有一位婦人被警察打死之後，女兒自費把她的遺體冰存在停屍間長達六年，不願將僅有的證據下葬。還有一個小鎮發生的故事：有位老太太的家半夜被政府突襲拆除，只為了要讓出空間蓋購物中心。沒有人事先警告她，屋頂坍塌的時候她就這麼死在床上。每篇貼文的標題都相當尖銳：〈變成冰棒的母親〉、〈被擊垮的夢中人〉。

有天晚上，那些人終於找上她，直接去她跟張偉合租的公寓三樓逮人。他們在無預警的狀況下破門而入，然後禮貌地請她跟他們走一趟。她後來跟我說：「肯定是房東給他們鑰匙的」，看起來還一副驚魂未定的樣子。不知道為什麼，這個細節特別讓她耿耿於懷。

露露在警車上打給我，跟我說她被抓走時已是午夜時分。她說：「告訴爸媽。拜託你，對不起。」她的聲音聽起來如此沙啞，幾乎都快認不出來。她聽起來就像是在暴風雪裡遺失了圍巾的孩子，但想像的情境比真實情況還好接受：露露惹上了一身麻煩被上銬帶上警車，面臨散布謠言的指控最高可處七年的徒刑，和男友同居又未婚的她，還被四名隨行的警察當成笑柄。

他們開始訊問露露之後，情況變得更糟。他們不斷追問：「你有沒有去過這些地方？在網路上散布謠言之前，你有沒有自己親身查證過這些事情？」

沒有，露露的答案是沒有。

「那你無從得知事情到底有沒有發生。」

然後他們把她壓在地上一陣拳打腳踢，雖然骨頭沒斷，但我可以想像得到她每根骨頭承受的力道。露露一定可以在腦海中默記他們的名字：胸骨、脛骨、浮肋。

我打給媽媽，她接電話的時候還在半夢半醒之間，整個人腦袋一片空白。她激烈地說：「你搞錯了，我打給露露把事情弄清楚。」這樣的反射動作已經成了她的習慣，直覺告訴她先找女兒就對了。

我說：「你打吧，她接不了的。」但她早把電話掛了。等到我回撥時，我父親已經無助地接受了這個事實，好像他早就預料到事情會發生。我嘗試想要跟他解釋露露寫的東西，但他打斷了我。

「露露是我的女兒，我大概猜得到。」他說，聲音裡有種令人意外的沉重感，讓我覺得也許他一直都比我們其他人了解她。露露六天之後獲釋回家休養，我們隔天就飛去北京探望她。這是我第一次拜訪她的居所，客廳牆上貼了好大張壁飾，是前一個房客留下來的，圖案是粉銀相間的樹以及有著粉紅條紋的貓，還寫了一行字：**你是我的快樂驚喜，朋友在秋天更要好**。露露的肌膚看起來一片蠟黃，身上青一塊、紫一塊，遍布傷痕。她往特定方向張望的時候，右眼球還會顯現一道血痕。

她說：「我沒事。」見到我們的舉止看來相當羞愧，她說，那些人只是想要她懸崖勒馬。她可是個好學生，班上的佼佼者，不需要這樣自毀前程。她說，一切只是一場誤會，最後他們還是放她回來。

她似乎也希望趕快把我們打發走，但我們待了一整個禮拜。媽在他們窄小的廚房裡忙進忙出，準備豐盛的大餐，仔細地切剁食材用大火烹煮。露露說：「我沒事。」一直到我們不再問同樣的問題為止。

我們回家之後，露露開始會半夜來找我聊天，時間點不大固定，但我通常是醒的。畢業之後我就搬回家，到當地旅館的廚房工作。我的白天總是在切菜、洗菜，睡眼惺忪，晚上則是跟我的隊友在線上廝殺。那幾個月，她的訊息中有種什麼東西開始強烈了起來。她想知道爸媽過得好不好、有沒有在下雨、或是我吃過飯了沒有。她想知道自己能不能對毆打自己的警察提出告訴，她從那之後就有胃痛的毛病。她想知道我是否還記得我們出生之前在街底那家醫院死去的母親，想知道有沒有任何辦法可以打聽到失去母親的孩子如今過得如何——如果他還活著，年紀跟現在的我們相仿。

不久之後，她的網站又開始極為頻繁地更新貼文，旁觀的我心都涼了半截。為了想要轉移她的注意力，我試著問：「**你跟張偉何時要結婚啊？想要有小孩嗎？**」

她回：「**快了，可能吧。**」

警察再度找上門把她帶走的時候，她已經準備好了。她很快從沙發上起身，不發一語便跟著他們離開，身上也沒帶鑰匙。這次他們一讓她打電話，她先去找了個律師，而不是打給我。警察地毯式搜索了她的住所，拿走電腦，那台我爸媽給的藍色電腦。他們還留了張通知書，表明她正式遭到逮捕，並且面臨刑事指控。

開庭的時候，露露穿了橙色的囚衣，頭髮削得很短，幾乎認不出來是她。她直直瞪著檢察官看，完全沒有正眼瞧過旁聽席。因為已經半年沒有見到她，我們特地搭機去參加開庭，她被判坐牢三年，接著就搖搖晃晃地往法庭另一端的門走去，整件事就此打住。

我媽在飛機上一路都止不住淚水。她不斷唸叨著：「她到底還要什麼？」我爸坐在左邊，叫她放低音量，他說：「我們現在什麼也做不了。」這種想法好像出奇讓他寬慰了不少。

回家後，看似沒有人知道我妹出事了，也沒有人問起她的情況。這種狀態好似一張巨大的雪毯飄落，輕輕地掩蓋了所有事物。時光荏苒，我也成了旅館的副主廚，加了些薪，換了一頂高了點的帽子。我常會覺得煩躁不安，這種時候我便會上線加入遊戲戰友的行列。

某天晚上，我第一次帶女朋友回家。我上個月在工作的地方認識她，旅館的最底層樓隔出了一塊區域，專門賣電器產品。那裡像是一個燈火通明的迷宮，緊密相鄰的攤位販售著二手手機、保護殼、喇叭、還有行動電源。她的名字叫毛欣，那裡的女店員不多，她就是其中一個。她知道如何向你解釋 100Wh 跟 161Wh 的不同，可以針對不同容量的機型提供報價。她做這一行太久，早知道哪些東西毫無價值，還不好意思地承認其實根本沒必要進貨：「可是這樣的話，我們大概只剩六種產品能賣。」她皺著眉頭說。

其實她從小搭到大的公車路線跟我一樣，居住在如此龐大的城市裡，足以讓人覺得一切都是命運的安排。我們喜歡想像彼此小時候曾經在公車上打過照面，或許是全身裹得緊緊的冬天，也可能是不耐煩抖著腿的夏天，搞不好還曾經抓著同一根杆子。

那天晚餐我們一起上桌吃薑汁馬鈴薯燉肉，我媽把毛欣細細端詳了遍。我看得出來她渴望對她有好感，也看到她幫忙切蒜頭跟黃掉的蔥頭。毛欣散發出一種溫柔的幹練感，撫慰了大家的心，連從露露判決以後就整天神經緊張的媽也是，最近她講話老是繞圈圈，而且動不動就發脾氣。在毛欣的魔力之下，我也巡了下家裡有沒有需要打理的事情，把洗手台的棕色肥皂渣擦了擦，然後自動自發地把垃圾打包帶出去丟。

我們聊天的時候，我看得出來毛欣的雙眼正好奇地四處張望，最後定睛於房間另一邊書架上的相片。那張照片擺得很高，幾乎要瞇著眼仔細瞧才會發現，影中人正是露露。

「那是誰？」

我爸說：「是他妹妹。」

這張照片，是她在大學入學考試奪得全區數學最高分那天拍的。她對著相機之後的我爸笑得開懷，照片有些失焦。

她對我說：「我不知道你有妹妹，長得很像你。」

「他們是雙胞胎呀。」我爸說。

「她現在在哪？」

我媽說：「她在東北攻讀博士呢。」

過了一會，我帶毛欣出去透透風，順便跟她解釋實情，她臉色一沉說：「這樣啊，真的太難過了。」她小時候看過一個男人，總是站在她家街上另一頭的政府辦公室外面，穿著破破爛爛的迷彩服，腳踝上掛著早就開花的舊布鞋。他會找上每個願意駐足聽他說話的人，控訴軍隊欠了他七年的薪餉。她童年的時候，這個男人每天從不缺席，直到有一天突然永遠消失。

我說：「他聽起來像是精神失常了。」

她說：「我想是吧，但一開始搞不好沒有。」

「你應該挺怕他的。」

「比起怕，應該是替他覺得難過。」

露露的出獄日期定下來之後，我跟毛欣花了好幾天策劃婚禮，地點就位在我工作的飯店，要在最好的宴會廳裡來一場熱鬧的晚宴。那個月我升上了主廚，感覺就像是結婚禮物。我們端上了好幾大盤葷肉冷盤，還附上了蘿蔔泥做成的天鵝，有著紅蘿蔔做的鳥喙、黑芝麻做的眼睛。這本來該是一個開心的場合，我想事實上也算得上盡興，可是每當瞧見坐在對面的露露眼神渙散，我就覺得如鯁在喉。

我的父親穿著借來的燕尾服，看起來很不自然，晚宴進行到一半，突然劇烈地咳嗽起來。他止不住地咳，張偉見狀趕緊示意服務生倒杯水過來。

露露說：「快喝。」爸喝了整杯水，似乎帶著怒意，嗆了好一陣子，才漸漸止住咳。她問：「還好嗎？」

爸幾杯黃湯下肚，臉漲紅了起來，眼睛突然直瞪著她看，好像她的在場令他意外。他開口問：「你覺得你的所作所為有意義嗎？」

「別說這個。」

他說：「你連這些人都不認識，他們有什麼問題也不關你的事。」

露露低頭看著盤子，一副沒有在聽的樣子。她坐牢後練就了這個本領，但搞不好她本來就很懂這一套，知道怎麼把世界看得黑白分明，只關心她想關心的東西。我現在已經屬於不值得關注的組別了，她偶爾會對我點點頭，如果跟我對上話會回答，除此之外別無其他互動，我試著讓自己不要因為這件事感到難過。

爸的臉越來越紅，大家都沒有看過他這個樣子。「爸，別說了吧，沒用的。」我勸他，旁邊幾桌的客人都安靜了下來，轉頭過來聽。

「你是我們的女兒。」他對我的話不理不睬，咬牙切齒地說：「我們能為你操心的，全部都張羅了。我們就只管著替你擔心，就指望你。」

他又咳了起來，喉嚨卡著幾聲悶響，露露的表情沒那麼僵了：「爸，喝點水吧，你聽起來不太舒服。」

他忽視她的話，把杯子擺在水漬上，他突然看起來好老，或者我是當下才注意到這件事。他繼續說：「你覺得我有過你那樣的機會嗎？你知道如果我有這些機會的話，會多有成就嗎？」他們兩個居然吵起架來，真是前所未見，我媽跟我對上了眼，又趕緊撇開頭。

露露淡淡地說：「對不起。」

他說：「你想幫別人，但你不應該欺騙自己，露露。你做的事傷害了自己，也傷害了這個家。」

我媽伸手握住我爸的手，眼神示意他到此為止。張偉站了起來，好像是為了結束這場對話。這才讓人發現他可真是高大英俊，濃密硬挺的黑髮聳立著、薄薄的鏡片凸顯了有神的棕色眼睛。他跟我爸媽說：「我覺得露露最好先去休息。」口氣裡沒有任何不禮貌的成分，但有種堅定的力量，告訴我們他的心意已決，會挺身保護我的妹妹，我對他的好感又生幾分。

他帶她遠離這場婚禮的光亮與喧囂，走出去時還和我說：「別擔心，我會顧好她的。」

露露出獄後，我們第一次齊聚在爸媽家的客廳，她說她在牢裡沒有遭受到惡劣的對待。她懷疑有個女警衛對她有好感，因為她常常偷帶幾包泡麵過來，偶爾甚至還有口香糖。白天他們在生產線上組裝聖誕燈飾；晚上的話就看晚間新聞，播什麼運動比賽就看什麼。但她說她很想念陽光、很想念張偉、也很想念我們。

她跟我說：「謝謝你寄信過來。」我看著地板，視線躲避著爸媽，這可真是尷尬，只好輕聲地說：「沒事。」我從來沒想過，他們居然沒像我一樣定期寫信給她。

露露換了個話題：「所以你要參加上海邀請賽？太厲害了。」

事情是這樣的：組隊作戰了六年後，我們終於得到出賽資格，目前我只當面見過四個隊友其中一人。我向她道謝。

她問：「有獎金嗎？」

我跟她說有，有那麼一些些。

她笑了開來：「那太好了。」

我爸媽保持沉默，我猜他們想要聽到露露的道歉，不過這件事也不可能會發生。露露提到她跟張偉計劃要搬到附近的時候，媽整個人都僵住了，好像有人拿了顆碎掉的蛋給她，讓她手足無措。

露露開口打破沉默：「他覺得如果離家近些，對我比較好。至少我會開始習慣正常人的生活。」

我媽小心翼翼地探問：「你在這一帶有什麼活好做？找得到工作嗎？」

露露擺了擺頭，她以往的倔強高傲突然在身上一閃而過：「可以的，我可是全學年數學最厲害的人，你都不記得了嗎？」

媽說：「搞不好毛欣能給你安排個工作。」這句話聽來有些刺耳，但我媽真的很欣賞毛欣，她依賴她的方式很似曾相識，讓我想起露露上大學之前跟我媽的關係。

「沒問題。」我邊說邊給了露露一個抱歉的眼神：「總之，那真是個好消息，我們該慶祝一下。」

她對我微笑，帶著幾分憂傷：「謝啦，大哥哥。」

她最後在商場找到了發送茶葉宣傳品的工作，這是間連鎖店，商標上有亮綠色的山丘標誌。這個工作很輕鬆，老闆沒有過問她的過去。與此同時，她說她學到了很多跟茶葉有關的知識，包含它氧化的過程，還有沖泡不同茶葉的適當方式。

我爸說：「哇，他們真的有訓練你。」自從露露出獄以來，他簡直是政府的最佳代言人，不管是路在她離開之後變得有多平、還是商場蓋得有多壯觀，他都不放過任何向他女兒宣傳的機會。「年輕人現在有大把的機會」，他的新口頭禪簡直講到快爛了，那天稍早，我們經過隔壁街坊，他指著最近翻修的公廁說：「他們甚至佈置了一個小隔間，這樣衛生工作人員就有地方可以休息。這裡供暖，設備一應俱全，你看到他們現在多照顧工人了嗎？」

我翻了翻白眼。

露露提及她的工作，又補了句：「反正這只是暫時的。」這句發言，把我們大家都嚇壞了。

我看得出來她正在計劃什麼東西。有一次她用我電腦的時候，我從她背後看到她開啟了一份文件，標題是〈致全國人民代表大會的公開信〉，我趁她起身去洗手間的時候，快速地概覽了整篇文章，文件上已經有半打人的簽名，包含她自己的落款，還有幾位律師跟教授背書，這些人我從來都沒聽過。我沒有跟她說起這件事，但當天下午我把張偉拉到一邊，跟他提起我的發現。

他點了點頭，說：「我都知道，你的妹妹沒有變。」

我不知道他想表達什麼，但情緒是有點擦槍走火，我說：「她以前不是這樣的人。」

「當然不是，她那個時候還太年輕。」

「你根本不知道她那時是怎樣的人。」

他耐心地回答著我的質疑，說了聲：「好。」還張望我身後的門，注意露露有沒有要進來的跡象。他總是感應著她的方位，就像是世界上最忠心不二的獵犬。

「我是真的這麼覺得。她以前好聰明，可能是整個學校裡最聰明的人。」

「那你覺得她已經不聰明了嗎？」

我說：「那不是我要表達的意思。」但張偉早擰熄了菸轉身離開，看起來對我很失望。

我沒有答應毛欣同行，隻身一人飛往上海參加季中邀請賽，但抵達後，我立刻就改變了想法，希望她可以一起看看場上的盛況。比賽是在市中心的體育館舉辦的，地板上點亮了一道道紅藍色交雜的 LED 燈。整個場館擠得水洩不通，我們登台坐上靠墊座椅、戴上耳機，一大群觀眾都在揮舞著紅色與藍色的螢光棒。

我們連贏兩場，緊接著對上韓國隊，又再下一城。耳邊環繞著觀眾的呼聲，他們的聲音和我血液奔騰的聲響共鳴，我們的隊伍瘋狂地敲擊著鍵盤，發射一團團橘色的烈焰，觀眾大喊著：「不要放棄！決不認輸！」

比賽結束，亮得灼眼的計分板顯示我們奪得了季軍。鎂光燈蜂擁而上，就像黑頭鳥降落在我們身上。我們露出了靦腆笑容，說了我們感到十分驕傲、明年一定會重返賽場奪得冠軍之類的話。不知不覺我們就被引導到頒獎台上，站在其他得獎隊伍旁。獎盃交到我們手上時，銀色的碎紙花灑了下來，輕薄的平行四邊形好像重重雲霧。後來重新看這段錄影時，我覺得我們看起來好像站在一團從天而降的刮鬍刀片中。我們五個人一齊高舉獎盃，搖搖欲墜還差點打翻，但一行人裡身高最高的那個人調整了平衡，讓它高高懸起，一起品嘗勝利的滋味。

四個月之後露露再度入獄，這次的罪名是顛覆國家，因為她在網路上發起了一個請願簽名的運動，要求所有政府支出必須公開透明。這次的牢飯可沒這麼容易下嚥，法官直接判了十年的刑期，我最後一次看到她時，她已經瘦了七公斤，整個人看起來都縮小了一號，回到高中時候的體型。

她坐了幾年牢以後，張偉搬回老家就近照顧爸媽，也另娶了別人。他寫了封道歉信給我們，我一看到寄件地址就把信扔了，但毛欣收垃圾時把它撿了出來，堅持要我讀一讀。「你的妹妹是那麼難得的一個人，沒有什麼比放棄她更讓我難過了。」我佇立了好一會，覺得他的字跡真好看，以前從來沒有見過，很優雅、很勻稱，甚至可以用高貴來形容。看完了以後，我還是把信扔回了垃圾堆裡。

上海邀請賽之後，我們的團隊開始密集地參加國內的巡迴賽，一起贏得不少的獎金。在毛欣的鼓勵之下，我減少在飯店的工作時間，將更多時間投注在訓練上。隔年夏天，我飛往雪梨參加全球決賽，這是我第一次出國。那時我們已經擁有粉絲團，甚至有贊助商，進到體育場時我們全部穿著同一套連身服，胸口上印著某家能量飲料廠商名稱。

在飛機上的我們橫跨大海，往南飛行。我拿出相機拍下了一張照片，想要附在我給露露的下一封信裡面。空服員發下耳機，我取了一副戴上，突然覺得好想家。我閉上眼，想起我的妹妹，祈禱勝利終將到來，而她會以我為傲。

NE GIRL

HOTLIN

熱線女孩

每年春天，高速公路總是妝點著滿滿的玫瑰花，有粉色、也有奶油黃的花朵，全部一起盛開時，花團錦簇的景象美極了。玫瑰刺與花瓣循序起舞的時節大概是四月，直到冬季凜冽方才散去。在那漆黑又窒人的幾個月中，政府會把路漆成亮黃的顏色：**在灰暗的時刻更有活力！**路旁的看板每天都能看到好幾十面，用底下的方式寫成：

「**注意**」，板子這麼寫。「**就是今天下午，短毛小貓來了。**」（貓咪會在螢幕上出現，有著大大的爪子，眼睛眨巴著。通勤的人們看見了，臉上揚起笑容。）

「**注意：楓糖是這麼來的**」（畫面上出現光禿禿的樹林，有人正朝樹上鑽孔，灰色的桶子裡裝著翻騰的液體。）

「**注意：南山公園的銀杏要轉黃囉，趕快來看！**」

內容諸如此類。

巴依那早出門時，一如往常的每一天，往脖子套上了紅色的掛繩，上面有著自己的身分證。在城市邊緣的幾個崗位上賣力工作幾年後，掛繩的顏色證明了她已成為這個城市的一份子。卡片上標示了她的肖像、名字、還有工作單位，所有進城的人都要戴上，每張卡都和城市裡的感應器連線，記錄了持卡人的一舉一動。每天晚上下班，你可以登入查看今天步行的里程數，這是系統上最受歡迎的功能之一。

「我要開上高速公路，我要乘上閃電。」她一邊唱歌一邊往地鐵走去，多年來她懷抱著歌手夢，試著讓自己的聲音成為理想中強韌、優美的載體，還想寫出一首石破天驚的金曲。這些旋律很短，只是幾段不斷重複的調子，看來她似乎不知道如何寫出完整的副歌、主歌、還有過渡段，用以組合出一首完整的歌曲。

車上擠滿了人，所有車站在尖峰時刻都放送著古典音樂，本意是要讓大家舒緩情緒，但大家仍然互相推擠來推擠去。巴依對這類音樂有種自然而然的反感，那些又長又迂迴的樂句，好像不怎麼誠懇。她希望自己的音樂正中要害、重點清楚。

她穿過茫茫人海，搭上電梯到八樓，一進到辦公室，就看見喬英油膩膩的髮絲掉在螢幕上，又短又粗硬。他站起身來對她皺了皺眉，她聳了聳肩說：「我今天早上叫了個水管工過來，他們老是搞很久。」

她沒有為此道歉，她很早就知道道歉只會讓喬英吃定你，把你看作另一顆軟柿子。其他的女孩就沒領悟這個道理，總是雙眼垂得低低地，在他巡查經過時露出龜縮的樣子。有個女孩每當喬英經過自己走道的時候，都會逃到洗手間裡躲起來，那條走道上有個標誌寫著「熱線女孩」。

她的朋友蘇琪悄悄地對她說：「我們已經接了二十七通電話。」兩個人不約而同看向了排尾的女孩然後嘆起氣來。她叫做娟玫，是今年選拔出來的模範員工，原因為何讓人霧裡看花，但她那十分好看的面相再明顯不過，長長的頭髮像是柔滑的黑雨落在她的臉上。幾個月來，她光鮮亮麗的形象照攻佔了整座城市的地鐵及廣告看板：**溫暖、親切、一通搞定：政府特派員可以協助你解決任何疑難雜症。請立刻撥打滿意服務專線 12579。**

總機的鈴聲叮叮作響了起來，大家的視線從娟玫身上移開。得獎之後，娟玫的工作態度愈見散漫，額外的工作量都由其他女生分攤。所有電話都必須在四十五秒內接聽；所有訊息要求都要在二十秒內回覆，這代表了娟玫戴著耳機偷懶時，巴依跟其他人正處於手忙腳亂的狀態，正在接聽、**保留通話**、接聽、唸叨、按下**輸入鍵**、快手打字。巴依剛到這座城市時，曾經在速食店工作。也是同一種複雜的舞蹈動作，腦中同時記著十道訂單，忙進忙出地重複同樣的工作。

總機再度響了起來，巴依打開了聊天室視窗，馬上彈出了一連串的通知。最簡單的作法是發送笑臉，她所有的對話都用這個方式起頭，設好的快捷鍵可以直接發出笑臉，還有個按鍵可以直接發出「您好，這裡是滿意服務專線，請問有什麼需要幫忙的呢？」這串訊息。

總機又繼續乒乓響起，巨大的計時器上的紅色數字正在倒數，如果到零還沒有人接聽，警報器一響起來，大家的評分可就遭殃了。但其他女孩可沒有要讓步的意思，大家都在等她接起電話，每個人都心知肚明她才剛到，她心慌意亂地把耳機戴上：「**您好，滿意服務專線，請問有什麼需要幫忙的呢？**」

一連串的字句包圍了她，雙方的連結帶有刺耳的沙沙聲，另一頭聽起來好像在風大的日子從屋頂上撥電話過來。

「不好意思，我沒聽清楚……你需要一套房子——不好意思，請再說一次。

您被趕出來？」她開始猜測，大概有一半沒聽到的內容可以自己拼湊出來。有人抱怨官員的腐敗，也有人詢問社福津貼，打來政府機關的人都是寂寞的，日復一日，只是想找人說說話。大概都是老人或是精神狀態不佳的人，他們的不滿永遠沒辦法被解決。有位母親定期會打來問十年前失蹤的女兒有沒有找到，她很確定她被綁架了；有位憤憤不平的男人連著好幾個月一直打來，抱怨住家對面的樹上有白蟻，他相信白蟻會飛進電線導致整區的人觸電。政府派人過去後發現根本什麼都沒有，為了讓他安心，他們還找人假裝噴藥，還是無法安撫他。最後他們派人把整棵樹鋸掉，他才不再打來。

「不好意思，不是房子的問題，你想要舉報一個人？……有一把菜刀沒有登記列管？好的，我記一下。」

她開始打字，同時在四個剛跳出的不同視窗上按下「**告訴我更多詳情**」的按鈕，有位女士正在抱怨法院的判決，說法官跟被告關係匪淺；另一位先生則說政府單位非法對他的餐廳徵稅；一位老人家說他沒有領到養老金增加的那一部分。

她的肩膀痛了起來，她揉了揉眼睛，朝自己身邊一片無垠的電腦海望去。每次她意會到時間過得有多快，總是驚奇不已，都花在抄筆記、寄連結、給案件照緊急程度標色這些事情上。有時候巴依會發送撫慰紅包給撥電話來的人，讓氣氛緩和一些，這筆錢是從正規預算來的，用來處理特別棘手、拒絕掛電話的案子。「我要到監管機關那投訴你……等等，我有個通知，謝謝你的好意。不會，我知道你想幫忙。」許多居民只是想從電話另一頭撈到一點好處，這種人多得令人歎為觀止，儘管只拿到十元、二十元也好。

中午時外送員抵達卸下了兩百個午餐飯盒，白色的器皿裡裝著飯或麵，配上青菜還有豬肉絲。雖然提供的選項幾乎沒有區別，但大家總還是一窩蜂地擠滿窄小的大廳，油汁把紙盒滲得又橙又透光。

等待的時候，蘇琪伸出了腿來，秀了秀自己的靴子，她跟巴依尖叫著：「你買到了！」

蘇琪自豪地說：「對呀，你覺得我是不是瘋了？」

巴依說：「有點。」靴子是用柔軟的棕色皮革縫製成的，上頭點綴了一顆顆小貝殼，要價是一個月的薪水。蘇琪的獎金是辦公室最高的，她的滿意度無可匹敵，幾乎從來都不會收到回撥的電話。這不是因為她很會撒紅包，她的人格就是有種有條理、有能耐的特質，她從不跟人針鋒相對。對於政府的做事方式瞭若指掌，清楚知道自己有什麼資源可以應用，在協助別人解決問題方面天賦奇佳。她當然也是一名勤奮的員工，晚上常常在通勤時多輪幾個班次。

那通電話是下午兩點左右打來的，他們已經從午休回到各自的崗位上，開始來電頻率降低、時常睜不開雙眼的中班。有個熱線女孩還帶了一瓶噴霧在身邊，時不時朝自己臉上噴一下保持清醒。巴依正覺得無精打采，處理幾個點頭表情就能打發掉的訊息串，每次回應可以帶來多一分鐘的緩衝時間。

總機響了起來，巴依等到計時器剩下十秒時，才胸有成竹地挺直身子按下接通。「您好，滿意服務專線，請問有什麼需要幫忙的呢？」

一陣沉默，她不耐地又問了一次：「您好？您好？」

巴依對話筒皺了皺眉，儘管這種例子並不常見，但有些不發一語的來電是為了滿足性癖。甚至還有人會出言不遜，問電話專員今天的穿什麼、結婚了沒、或有沒有男友。
她正準備要掛上電話時，聽到了另一頭傳來的聲音：「哇，終於。」
「不好意思？」
「巴依，是我呀。」
她往後一縮摘下了耳機，手捧著耳罩雙眼緊閉。等到壓抑住情緒才又將它戴上，說：「是的，先生。您為何……我是說，請問有什麼事呢？」
電話上的男人說：「我今天大概已經打了六十通來了，我不確定自己能不能接上你。」
她看了看身邊其他通話中的女同事，不帶情緒地說：「有什麼我能協助您的地方嗎？」
一陣沉默後，他說：「就這樣？」
她冷冷地說：「這裡是政府專線，請問有需要協助的地方嗎？」
他說：「有，但願你能跟我見面，我在這裡，就站在外頭。」
巴依不由自主地掛上電話，好像看到蟑螂時順手丟鞋的反射動作。她深呼吸一大口氣，回到螢幕前趕緊又接了兩通來電：一名遭受家暴的婦人、一個抱怨居住地區垃圾問題的男人。下午五點，她再次往脖子上掛上吊繩，從後方的貨梯離開辦公室，腳步飛快，希望不要有人發覺自己的存在。

她回到家時渾身發抖，給自己張羅了頓飯，整晚都覺得心神不寧，好像胸口困了隻蜂鳥一般。最後，她才有辦法出門走一走，然後坐在垃圾桶對面的長椅上。二十分鐘後，街邊的流浪貓湊了上來，蜷縮在她的腿上，她下意識伸出手摸了摸牠。她疑神疑鬼地看著草叢，好像裡頭躲了個看著她的人一樣。

隔天他又打來了。

他說：「我做得太過分了，不應該到這邊來的，我只是因為找到你覺得太激動罷了。」

她清了清喉嚨：「我又不是消失了。」

他說：「對，當然。」

他們都一語不發，在她回憶中，他的口拙從沒變過。有時當他們一起吃飯，彼此一句話都說不上，但很奇怪地，他也不因此感到尷尬。她稍微放心了一些，跟克駒相處需要藝術，你得要把你的心關機，就像舉重、或入睡。這種狀態並沒有聽起來的那麼糟糕，身體強健很重要、睡眠也很重要，兩者兼具，才能活下去。

她說：「你在這邊嗎？我的意思是，你昨天有來，只在這邊待幾天嗎，還是？」

這個城市有三千兩百萬人，克駒不是其中的一份子，他應該屬於一千公里以外的地方。

克駒很快地回答，好像想讓她放心：「剛好過來一陣子。」

兩個人又安靜下來，她看著她的螢幕亮起來，然後閃了一閃，於是說：「我現在真的不方便講話。」

他說：「別掛斷，我今天花了兩小時才找到你，有沒有哪支電話可以直接撥給你，一定會是你接的？」

「這支專線沒辦法這樣打。」

「你這邊不是滿意服務專線嗎？」他想要開個小玩笑：「沒跟你說到話之

前我很難滿意。」

她悄悄地轉到另一通來電上，把問題轉接給政府的法律部門，幾分鐘之後，他還沒掛斷。

「你知道嗎？我的確有些想申訴的事情。」他說：「我可以跟你說一下。」

她打開了一張表格：「好的。」

他說：「他們用大鐵球把老校舍拆了。」

她知道他說的是哪棟建築物，可以想像那個景象。他們開始約會後不久，他就帶她去過那邊，那是第一次一起去他村裡老家。這個校舍很小，早已荒廢，只有兩間教室，好像一棟從歷史照片上搬出來的建築。他們牽著手在裡頭漫步，說話的聲音在空房間中迴盪特別奇怪。好幾個月之後，他們把這裡當成私密的碰面地點，沒有人在那種地方上學了，甚至可以說已經沒有人住在那種地方了，周遭路況不佳，種著作物的小塊土地早已乾涸。他成長的時候，克駒的家庭已經是當地僅存的幾戶人家，既貧窮又驕傲。

她說了謊：「我不記得了。」

他說，語氣帶了些挑逗：「你確定？我都還記得。」

她覺得臉頰一熱：「這不是真的在投訴，還有什麼事？」

「我只是想見你，巴依。」

她咕噥一聲，沒有應允之意。

他說：「有另外一件事。」

她對著新對話框發了一個笑臉：「好的。」接著複製了吹哨者報告該怎麼提交的說明到另外一個視窗，這個框時不時地閃動，然後按下送出鍵。

他說：「我爸媽的情況很糟，我爸的精神狀態從我們遷走之後就很糟，我覺得政府應該想想辦法。」

「像醫生一樣。」

「不是醫生，他已經看過醫生了。」

「那是什麼呢？」

「我在想有沒有賠償金？」她挑起了眉頭，這可是新鮮事。克駒的家十年前從農村遷走，那年他十四歲，一家人搬到老家以西三十公里的城市。距離並不遠，但那裡的世界完全不一樣，上百萬人住在緊密規劃的街區中，設有公車路線還有超級市場。公園有水舞表演，整點會亮起燈火，灑出拱形的圖樣。那時他們都還在讀高中，那裡就是他們相識的地方。

她誠心誠意地說：「聽到他狀況不好，我很難過。」她一直都對克駒的父親懷有好感，這個男人很喜歡收集葫蘆瓢，這個習慣從在村子裡就有了，到了找工作不容易的城裡之後，更成了他的心靈寄託。他們家的公寓裡有兩個黑色的書櫃，裡頭幾乎裝滿了葫蘆，大的像是水壺、小的像是陀螺，有些上了漆、有些修了型，一部分還是他自己動手雕刻的。

「遷移補償的部分，有一套法令限制請求權行使有兩年的期限。」她一邊說，一邊微微皺起眉頭：「你可以試看看精神管理委員會，他們通常有補助款可以讓你父親申請，你應該打電話給他那一區的滿意服務專線，他們會協助你的。」

他說：「謝謝。」

她真心地說：「對不起，我沒辦法幫上更多忙。」她一直都對他的家庭有好感，巴依喜歡他媽媽總是把廚房弄得香噴噴的，她把紅椒、青椒切丁，然後跟絞肉混在一起，配上細義大利麵做成午餐。她也喜歡他父親，不但熟知四季時令，懂南瓜生長的過程，還知道如何摘到最甜最好吃的甜瓜——她以前從來不知道甜瓜還有分雄雌，母的甜瓜瓜蒂尖有個小酒窩，通常比較甜。

克駒說：「沒關係。」聽起來很難過。他們兩個分手之前，就算他打她（不是很嚴重的，沒有看醫生的必要，很多女生被打得更慘），最後他總是會一副心如刀割又滿懷抱歉的樣子，而她則會撫著他的手，出聲讓他別再說下去，跟他說他們一定能挺過難關。可她很清楚自己在說謊，因為她早就知道克駒像是一團有毒的海草，纏住她不放。就算這代表她要割下那塊不能自拔的肉，也還是必須逃跑。可是，她還是想念他的家人，這種感覺跟這些往事並不衝突。

她的螢幕上有好多則沒有回的訊息在閃爍，她的眼角餘光瞥見喬英已經準備起身，她只好求情：「我真的得掛了，請不要再打來了。如果有人在那麼短的時間內就回撥，我的考績會受影響的。請打給你那區的滿意服務專線，好嗎？」

「巴依，你就不能再給我一些時間嗎？」他的聲音急切起來，帶了幾分不快。

「希望您本次來電一切滿意。」她匆匆地補上了一句：「今晚將會有一部電影在電視上播出，您也可以到中央廣場收看，可以用手機查詢公告欄。」

「巴依……」

「感謝您的來電，再見！」

下班之後，她和其他同事騎著機車去市中心的商場。隔天已經安排了閱兵，代表政府已經提前將相關道路清理乾淨，空蕩蕩的街道上只剩下一道道綿延不絕的柏油，十分壯觀。他們一路騎著機車，感覺就像皇后，想要的話還可以隨意蛇行。溫暖的日暮灑上了建物的鋼筋與玻璃，染上了金色的光芒。

他們在商城裡吃了韓國料理，然後在照相館駐足，這邊提供的場地計時收費，房間裡有不同的道具跟服裝，有巨大的保麗龍球、紫色褶邊的禮服、卡通貓面具、還有五彩繽紛的洋傘，雖然不甚精緻但價格平易近人。你可以更換各種不同的拍照背景，像是碧綠的湖泊、打光的舞台、宴會廳，應有盡有。一群女孩擠進房間裡，為彼此拍下一張張照片，巴依扮成封建時代的公主、蘇琪則變裝成一隻老虎。

她還沒有跟任何人談起克駒，或是說起動物的遭遇。他們開始交往後半年，有一次在他房間的盒子裡發現了一隻死老鼠。鬆軟的灰色屍體四肢僵硬，正面沾滿了鮮血，有人把其中一條腿切了。

她跟克駒對質，他說那只不過是一隻老鼠，學校做實驗時也會殺掉。他可以再給牠幾天自由，但沒辦法留住牠，這已經是最人道的作法了。這個說法聽來刺耳，但可能有幾分道理，所以她試著拋下原先的成見，別想那麼多。

後來是鄰居的狗，有著蓬蓬的金毛，幾乎沒有脖子，像隻鯊魚；眼睛總是半睜半閉，懶洋洋的好像就要進入夢鄉。有次他們一起坐在樓下中庭，她咿咿呀呀地逗著狗狗，撫弄著牠的耳朵。克駒說：「比起我，你更喜歡那隻狗，是嗎？」她還來不及應答，克駒已經抬起腳使勁踩在狗的脖子上，一邊還笑了出聲。狗發出了嗚咽聲，喉頭哀嚎嘶啞起來，巴依求他趕快住手，他最後才罷休。他說：「放輕鬆，我又沒有要傷害牠。」自那之後，每次他看到那隻狗，總是會踢一腳，好像看到不知哪裡滾來的足球，只為了要鬧她。

幾個月之後，克駒在他們高中學校外頭，戳了戳躺在柏油路的野貓，這邊總是有一群野貓徘徊。貓受了驚嚇，咬了他一口，鮮血直流，克駒好幾天都拿這件事開玩笑，說要對貓展開復仇，聽到的人都一臉嫌惡（但他倒很享受關注的眼神）。幾天後的下午，他把巴依拉到一旁，拿出了一把牛排刀給她看：「我要去抓那隻貓啦！」他說話的時候，眼神整個亮了起來。

她說：「你瘋了吧。」

他的回應是：「是牠先攻擊我的。」

她說：「不過是一隻貓而已。」

她怎麼想根本不重要，他到處追殺那隻貓，手上拿著刀，兩隻手揮來揮去，想把貓引過來。巴依看著這一切，眼淚都快掉下來了，最後決定眼不見為淨。隔天她還有看到那隻貓的蹤影，毫髮無傷，但一週之後貓就消失得無影無蹤。克駒沒有自己供上什麼情報，她也不想問。想也知道他會說出一些愚蠢的話，像是：「我們還不都是動物」之類的。

之後有一次他們一起去看電影，他覺得她跟另一個男的眉來眼去，馬上態度丕變，用力地搖晃她。事情從此急轉直下，兩人之間好像有什麼東西變了，有天一起跟朋友吃午餐，他在大家面前掀起自己的衣服，笑著說：「你們瞧瞧，她跟我一樣平。」隔了一週，她取笑起他緊張時抓頭髮的小動作，他一怒之下往她臉上揮了一拳。每一次爭吵他都會亂了方寸，道歉再道歉，有時候甚至還哭出來：「我不是故意這樣做的，只是你讓我很傷心。」他還說：「你是我人生中最美好的存在。」

她那時不夠勇敢，沒辦法一刀兩斷。但自從她離家去追尋歌手夢之後，她漸漸開始不接他的電話、也不回他的訊息。後來，她聽說他輟學了。

兩天後，專線的電話又響了。

克駒說：「我明天就要離開了，想讓你知道一下。」

她說：「好。」順手隨意編了幾個花朵以及微笑表情符號組合，她想要把這個圖案傳給下一位傳訊息過來的人。有的時候她會費上很多心思編花束，有鬱金香、向日葵、玫瑰、牡丹等等。她特別喜歡把這些訊息傳給年長者，喜歡想像他們看到訊息時充滿皺紋的臉龐舒展開來，露出笑顏，單調的一天似乎就有了幾分生氣。

「我今天下午沒有特別的計畫，我會在辦公室外面等你。」他說。

她沒有答話，於是他又補了一句：「別這樣，巴依，我費了好大功夫才來到這裡。」

她思考了起來，螢幕上其中一個聊天視窗，因為閒置超過一分鐘，跳出來憤怒的紅燈警示，她低聲地啐了一句髒話。

「巴依？」

「什麼？」

「拜託，我只是要買一杯咖啡給你，我不會再打來了。」

她說：「你保證？」

「我保證。」

那天晚上下班後他們見了面，地點在街道另一邊的商城前廣場，噴泉正運作著，小孩子尖叫著跳進跳出。巴依為了說點什麼，只好開口：「我從來不懂這到底有什麼好玩的。」克駒不發一語站在那邊，眼神打量著她。她記憶中的他沒有那麼矮，而且現在好像胖了一些，他戴著廉價的太陽眼鏡、身穿天藍色的襯衫，四四方方的又顯得有點短。

她總覺得他看起來有些奇怪，當他轉過身面對她的時候，她才發現他沒了右手臂。她驚訝地叫了聲：「啊⋯⋯」然後就頓住了。本來該裝著他右手臂的那條袖子折了起來，用安全別針固定住，好像玩偶的外衣。

他正面迎上她的眼神後便別開了頭，說：「發生了一場意外。」

她想要掩蓋自己的驚訝，說：「這樣啊，我們也好久沒見了。」

他回她：「謝謝你過來一趟。」

「也沒什麼。你想喝點什麼嗎？」她忸怩地說，一邊和他保持距離。

他們停在一個攤子旁，在昏暗的燈光下喝了些檸檬水，帳是她付的。佇立在那的他，感覺若有似無地熟悉，像是遠房表親，或是好久以前的同學，在她的記憶裡如此豐滿，此刻卻已然是個陌生人。她企圖想把自己的目光從他肢體的空缺移開。

她問他：「你怎麼會來這邊？」

他說：「我之前從沒有來過。」她點了點頭，好像她的問題有得到真的解答一樣。

她慌了起來掃視周遭，有點擔心會不會同事就在身邊，看著她的一舉一動。她漫不經心地說：「你還跟學校的誰有保持聯絡嗎？我一直想回去看看。」有一段時間，她很想回去找她的音樂老師，因為老師曾經鼓勵過她，但她也不確定這麼久以後他是否還記得她。

克駒沒有回答，他的雙眼不斷來回掃視著，想要讀懂她。這個舉動，讓她突然強烈地感受到了自己衣服的形狀，腰上的皮帶如何掛在自己身上，還有涼鞋中的腳露出來的部分。

他說：「你整個人看起來都不一樣，狀態很好。」

她道了謝：「克駒，你究竟發生了什麼事？」

他還是盯著她打量，近近地看，他臉上的鬍渣、眼底的眼袋都看得很清晰。他的唇邊還有他的脖子上出現了當時沒有的紋路，眼神捕捉到這些痕跡的時候她突然覺得好傷感，時間跟距離居然造成了那麼多改變。

他說：「都是工廠爆炸的意外，一場火災的關係。」

「我真的替你感到難過。」她可以想像那個畫面：橙色的火球直竄天際，附近居民拍攝的畫面搖搖晃晃；每隔幾週相似的意外就會重演，這些地方是被忽視的角落。工廠查覈人員都被買通關節，該做的訪察都沒有做，每次的意外原因都大同小異。

他說：「那個地方已經四年沒有檢查過了，我們輪班的時候被鎖在裡面，就跟火牢一樣。」

她同情地擺了擺頭，發現自己出於習慣，想跟他說這些事件都有被回報到上面去，政府的處理機制跟新法條正在草擬中，但話到嘴邊卻開不了口。

他繼續說：「事情本來可能更糟的，我差點就死了，幸好在地板下面找到一個趴著的地方躲了幾小時。」

火應該躲也躲不掉，但她一邊這麼想，一邊又說不出話了。她真不知道自己面對他還能說什麼。他們分手之後，她有點驚訝他從人生中消失的速度這麼快，兩人共同朋友間也出奇地都沒有關於他的消息。後來她才意會到，她是極少數熟識他的人之一，甚至可能是唯一了解他的人。

他說：「我亂了方寸，根本沒注意到到底過了多久，感覺好像我再也沒辦法動了。」他靠著廣場上聳立的電視牆，身後點亮了一道橙色的螺旋，看起來就像太陽從他的頭頂出來一樣。好像是廣告還什麼的，螢幕上的播音員說：**「加入十億人以上的行列有關係嗎？沒什麼大不了，你也是我們的一份子。」**

「你跟我斷絕往來後，我有點失控，還退了學。但你從沒跟我說，我到底做錯了什麼。」他說。

巴依才開口想說些什麼，又打住了，最後她說：「都是很久以前的事了。」人潮持續湧來大螢幕前，再過大概二十分鐘，大型舞會就要開始了。每晚各區都會舉辦這樣的活動，完全免費，大多都是已經退休的人在參加，一群人就跟著一套動作輕鬆舞動起來。根據告示牌，這個禮拜的主題是加勒比海。

他說：「我們可真是一對。」然後用吸管喝光了檸檬汁，發出的聲響讓她顫了一下。在他身後一段距離之外，孩子們互相追逐、放聲大叫，她突然想知道他是否有辦法綁鞋帶、開車、或是切一塊肉？

他問：「你有想起過那段日子嗎？」然後湊了上來，用粗糙的手捧起她的臉頰。她試著不往後退縮、也不移動，就只是直直地望著他，屏住了自己的呼吸。

「拜託別這樣。」她說話的聲音都啞了。

他似乎沒有聽見：手伸進了她的頭髮，手指撫觸著她的頭皮。他往前一靠，好像要索吻一樣，輕柔地呼喚著她的名字，直到她回過神來，整個人彈開。

「不要這樣。」她說話的口氣本來無意這麼衝的。

他的臉消沉下來，像是被處罰的孩子一樣，有那麼一瞬間她心軟了。但接著克駒朝著螢幕別過了臉，她看見他的臉色緩和下來，整理了情緒好像若無其事。他那麼驕傲，而她一直都喜歡他這樣的脾氣。

他們靜靜地看著人來人往，遙遠處開始傳來一陣鼓聲。她可以在視線外的某處感受到他的目光，但她毫不動搖地直視前方。

最後他終於開口：「真的很高興可以看到你。」好像這座城市有那麼一些值得造訪的景點，而她是其中之一。

她的語氣也跟著緩和下來：「這裡真不錯，對吧？」

他的目光轉向各處：可真是溫馨的景象，小孩們奔來跑去，退休的老人穿著亮色的襯衫或帶亮片的上衣，準備好要舞動一番。人群邊緣站著黑衣警衛，隨意地跟廣場上的觀光客對話，還有幾位對著無線電講話。

「老實說，這景象讓我覺得很不自在。」克駒說。

她木然地回答：「可能需要時間習慣吧。」她看著他脖子上的掛繩，綠色的繩子還有綠色的證件，尺寸跟肥皂盤差不多大，明顯讓人識別出他不是本地人。他的照片對比本人幾乎認不出來，臉鬆垮垮地大了一號，整體比例跟證件尺寸不合，讓上面的他看起來老氣很多。

她說：「你真的應該打電話給你那區的滿意專線，我希望你爸沒事。」

克駒沉默了好一會，眼睛直盯著噴泉看，然後說：「你總覺得自己不甘被埋沒，還曾經想成為偉大的歌手，記得嗎？」

她閉上了眼睛，但只有那麼一下下而已：「我記得。」

他繼續說，語氣也刻薄了起來：「看看你現在的樣子，整天關在位子上接電話。自己一個人在那麼大的城市裡生活，我真為你感到悲哀。」

一段段加勒比音樂迎面飄來，一些黑衣警衛正在派送沙鈴，他們喝光了檸檬水，迎來一陣劍拔弩張的沉默，直到她率先發話為止：「我要走了，克駒，祝你一切順心。」沒什麼好說的了。

他們走散之後，巴依實在還沒準備好直接去搭地鐵，所以就決定晃一晃。她覺得父母本來有意讓他們結婚。他身上有種可靠的特質，有一次他出遠門去度假，訊號網路突然故障，他走了三、四公里找電話打來跟她說晚安。她還記得媽媽說過：「你找不到更愛你的人啦。」如果他們結婚的話，也意味著她會待在家鄉，而不會成為大城市裡的單身女郎，整天接別人的電話，淨是些……但總之這是一份好工作，公家的鐵飯碗，反正就是這樣。

她的手機上跳出一則通知，是兩個人喝完檸檬水後不久傳來的，上頭寫著「**注意：想要早上起來有精神？五件你睡前該做的事**」。她把注意力轉到螢幕上，看著一個漂亮的女人切下四顆寶石般鮮紅草莓的蒂頭，然後在水槽沖洗它們。

過了幾個路口後，突然有人大聲招呼她，她抬起頭。原來是蘇琪，正坐在大型廂型車的駕駛座上降下車窗，給了她大大的笑臉。

這是政府單位的車，但上頭沒有標示。大家都知道這種車專門對付反動的人們，從外省市來的人，誰想要抗議惹麻煩都會被抓上車。幾種微妙特徵，這台車一應俱全，車牌失蹤、坐在後座監督著前座的大個頭、還有鐵柵欄，把蘇琪跟她的人肉貨物分隔開來，往附近的拘留所前進。後座的車窗塗成暗色，但從擋風玻璃望過去，她可以看到座位已經擠滿了人。

「要搭便車嗎？」蘇琪說，一邊指著後座。

巴依乾笑了一聲：「閉嘴啦！」然後繼續往前走。

「那你自己走吧。」蘇琪吐了吐舌頭說，舌頭很小巧、粉紅。巴依回以微笑，看著她向前駛去。她想，大概就先回家讓腳泡泡熱水，也可以看看電視。她很高興，終於是下班時間了，也高興春天已然到來。很好，她覺得年輕好、覺得週末好，覺得自由真好。

FRUIT

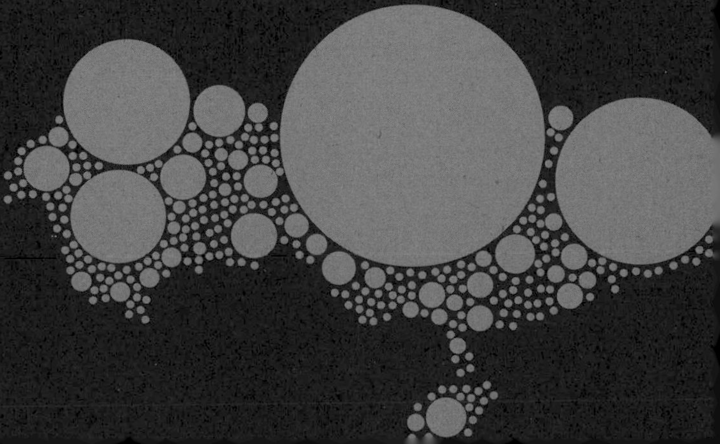

NEW

這種果實相當特別，有著橘紅褐色的果皮，果肉扎實、滑順、又有著絕妙口感。形狀像顆雞蛋，有塊黃色的小小凹陷，和深綠色的葉子放在一塊，裝在紙箱裡出售。果實的滋味棒極了，口感獨一無二，雖然香甜但是有酸澀的餘韻。一群人大排長龍，只為了從街頭小販的手上買到這種水果。大家各嘗了幾口，但總覺得沒有吃夠。這種滋味對我而言，像是看見綠色花瓶裡剛剛整理好的向日葵，而對你來說，像是女兒在走廊裡奔跑，穿著襪子的小腳咚咚咚地響。

對老周來說，這種水果聞起來像是把自己剛剛刻好的板凳上頭碎屑掃下來，再上一層濃稠亮光漆。對朱阿姨來說則是媽媽煮飯時的香氣——已是遙遠的兒時記憶——參雜著外頭的雨聲。對其他人來說，這種感覺就像是年輕貌美時穿上相襯的新衣，引來嫉妒摻雜欣羨的目光。

有天，裝著這種水果的卡車送貨到鎮上的批發市場，寫著「孫山出品」的紙箱裡還分了些空間給桃子、李子跟葡萄，以及一些我們比較熟悉的水果。一開始只有街上的小販會賣這種水果，只因為這種水果便宜、新奇、又甜才批貨。不過才一下的光景，雜貨店也開始進貨了，果子被取名為**奇果**，奇異的水果。

老周是街上第一個嘗試這種水果的人，他的老婆已經去世，每天都起得早，然後便出門採買，他是這一帶的市場最早上門的那批人。四月的某天，他回來的時候帶了一打這種水果，在塑膠袋裡晃盪，逢人就發，說：「試看看吧。」聲音裡的緊張讓我們驚訝不已。

龐阿姨那時剛好出門散步，好奇拿了一個來嘗嘗。咬下去的第一口就讓她的臉燒起了粉色紅暈：「啊，真是太好吃了。」我們那群人站在一旁，圍觀她跟老周你一口我一口的樣子，都不禁起了懷疑與好奇。那瞬間有些私密的感覺，雖然龐阿姨每當蹲茅坑時總是在嚼舌根，我們所有人決不會懷疑她藏著什麼祕密。

那個冬天特別凜冽，嘴唇凍得裂開，靠著之前囤的燉白菜過日子。好幾個月下來，我們的衣領拉得高高的，在路上碰到別人點一點頭，便趕快回到自己的世界，把電視機開得特大聲。**奇果**來到我們的生活時，春天才剛剛露出一點端倪，能夠脫下外套，沒有包袱地行走，讓人覺得特別舒爽。

有吃**奇果**的人們注意到照在四肢上的暖陽，而外頭響起的腳踏車鈴聲則讓我們意識到春日微風暖和的空氣，以及匍匐的機遇。我們更常展露微笑，在街上讓眼神交會：「今天我吃了一顆，感覺好像自己講了個別出心裁的笑話，逗樂了所有人。」老隋可能會這樣說。母親會餵給嬰兒磨成泥的奇果，我們聚在一起，看他們的小臉上有多少訝異與驚歎。

那一季的我們對彼此更為友善。在當地銀行上班的馮先生，有天早上吃了一顆**奇果**之後，突然發現公寓入口的鐵門卡住了，所以住在一樓的老太太有的時候得站在外面，等鄰居進出再順勢一起進去。他拿起鉗子，下樓看是否自己能把它修好。

其他的改變大大小小，讓大家驚訝的是，跟朱阿姨一起住在三樓的兒子辭了附近工廠的工作，搬去南方當畫家。他吃了一口**奇果**，（他說的）看到濕漉漉的銀與雲彩的金交織成日暮，決心要用畫布捕捉這一幕，不管（朱阿姨說）沒有天分的自己會不會遭遇失敗的結局。

老周是我們這區的工匠，常常有人看到他在吃新水果。那年春天，他發現自己越來越常在揮動鐵鎚時歌唱，感受到自己血液中蟄伏已久的躁動。他注意到附近的年輕女孩都穿上高腰的裙子，看來是最近的新流行，還注意到遠方傳來引擎發動的聲響。他第一次給龐阿姨奇果的那天，他注意到儘管她穿的上衣很寬鬆，腰身曲線仍在，兩人雖然相識已經很多年了，她的眼神卻有種令他驚訝的新鮮感。吃了**奇果**的他，第一次覺得自己還不算是個老男人。

小區裡唯一對奇果敬謝不敏的，只有龐阿姨的丈夫孫先生。他是一位退休的鐵路稽查，生性固執，大部分的水果都是他的拒絕往來戶。他平常只喜歡太太做的手拉麵，還有一顆顆像新月型狀的餃子。他是個思慮清明的男子，不愛多說什麼，但妻子問他要不要嘗口**奇果**時，反應倒很激動：「根本不天然，別相信這玩意。孫山？別啊。」

孫山出品的創辦人叫范時一，那一季他所到之處可說是呼風喚雨。他是一個矮小、滿臉皺紋的男人，在電視上出現時，通常都是站在種滿奇果果園前。果樹並不高，樹枝結滿了瘤，果實閃爍著紅橙的光芒，與深色的樹葉相呼應。有時候他的太太也一起入鏡，對著相機笑顏逐開，露出大大的牙縫。

那年春末，我們幾乎人人熟記范時一的故事：這位老先生多年來以替水果配種為樂，而他的實驗失敗不計其數，有時太酸、有時太粗、有時接上的藤枝直接枯萎，直到他發明**奇果**為止——健康、富含維生素、又甜美可口！

國營媒體樂於宣揚范時一的成功故事，**奇果**就像是草根智慧的代言人，記者們這麼說的：「這種全新的水果，是我們新國家的代表符號。」

我們站在水槽邊吃水果，果汁沿著下巴滴下。我們把他打成果汁在散步時喝，還在冷凍優格上切一片點綴。在教室裡，老師分送果實給學生，據說**奇果**能讓最優秀的學生更伶俐；讓最頑劣的學生懂得在乎別人的需要。我們這個小區的人吃了之後，覺得陽光的燦爛不同凡響，樹葉映出的光影耀眼如寶玉。連看守前門平素脾氣乖戾的**保安**，都開始掛起微笑，對著來來往往的住戶點頭示意。

這個季節發生的種種卻沒能延續下去，五月末那幾班載運著**奇果**的卡車便是絕響。初夏時分來臨時，新水果已從市面上消失了。我們在超市走道上不滿地來回踱步，略過身旁成堆的梨子、杏桃還有香蕉，這些水果現在對我們來說只能用索然無味來形容。我們傾向購買讓我們想起**奇果**好滋味的水果，像是白桃或是柳橙，可是吃不到幾口便也提不起勁。

那年夏天反常地熱，時間一週週過去，我們對身旁的人越來越不耐煩，因為酷熱大家都心浮氣躁起來。夫妻伴侶不停地爭吵，在中庭追逐跑跳的孩子發出聲響，讓我們簡直快失去耐性。沒了奇果，寶寶們在濕氣騰騰中煩躁不安，拒絕喝媽媽的母乳。幾條街外第八號工廠裡的工人發動罷工，因為其中一位女孩在超時工作時中暑死亡，才剛剛滿十六歲而已。

龐阿姨卻保持了良好的心情，更貼切地說，她的容光煥發簡直是一大驚奇。以前我們都只把她當成鄰里間的談資，只是一個生了兩個小孩的普通婦女，做餃子的手藝一流；其實整個人看起來有點像餃子，總是穿著同款式的寬鬆大長褲跟又蓬又薄的上衣。那年夏天的她卻燙了頭髮，穿上其他女人出門跳舞才穿的鮮豔飄逸短褶裙。大家常常看到她跑去庭院的花叢裡摘一朵半開的玫瑰，然後有些唐突地別在髮間。

她跟老周老是在市場聊天，在花椰菜及四季豆邊轉來轉去。有那麼幾天的下午，還有人看到他們一起去附近的公園，爬上開滿茉莉花的小山，一起吃她包的新月形餃子當午餐，欣賞眼下的景致。

我們有些人想起好幾年前的往事，龐阿姨的小兒子摔斷了腿，孫先生那時出遠門不在，正是老周帶她找到人力車的，我們彼此的結論是：「他一直都對她有意思。」

時序終於入秋，夏季的燠熱開始消散，魏麗娜的新歌〈我的奇果真甜美〉也剛好發行。那幾個月，這首甜蜜蜜的歌曲播得街知巷聞，公車或超市都聽得到。這是一首情歌：「**苦澀之後會有甜美，我的寶貝，香甜的奇妙果實。**」每當這首歌響起，人群裡總會升起一股異樣的感情，有點像是來自內心深處的渴望。常常一個人開始跟著哼，很快其他人就跟著唱起來。此起彼落的歌聲有種難以言喻的力量，甜蜜的歌詞卻反常地給人一種輓歌的感受。

冬日降臨，又是一個肌膚乾裂的季節，每年此時大家總是準備沉甸甸的醃白菜拌韭菜，我們把兩種蔬菜堆在庭院裡囤積。生活的難，冬季特別的深刻，整座城市看起來特別慘澹失去了顏色，灰色的天空壓得我們喘不過氣來。我們想起失去的親人，睡眠因為太多的夢而飽受驚擾。有一天夜裡特別地冷，住在四樓的老太太燒了些煤取暖，但她沒打開抽風機，吸入一氧化碳窒息而死，我們都說，這純粹是場意外。

我們都引頸期盼春天的到來，屆時水果也剛好要換季了。

這次，**奇果**在連鎖超市獨家販售，你沒辦法在街邊小販那找到這種水果了。包裝方式也一起大改變，每顆果實都用綠色的泡棉罩著，包覆在白色的襯紙中，一打一打地裝在別致的盒子裡。售價跟著水漲船高，我們不由得抱怨起來。

但這個插曲可說無關緊要，我們真的很渴望再次品嘗這種水果，再一次用手輕托著它，被它喚起的神奇感動。上架的第一天，我們連同左鄰右舍，排在超市外面超過一個小時，一種歡騰的氣氛吸引著我們。我們還聽說有些商店限制了購買數量，每人只能買兩盒，我們對著彼此微笑、互相打招呼、沐浴在春日的氛圍中。

我們奔相走告：「終於啊，終於。」

等待的時候，大家交流了這段時間的生命故事。朱阿姨說她坐輪椅的母親在吃到**奇果**以前，已經足不出戶好多年了，**奇果**帶有的芬芳花香終於驅使她走出門，到院子走走。「她現在每天都要出門哩。」朱阿姨說。

大家聽到馮先生從隊伍的尾巴大聲說：「我吃的第一顆奇果，讓我覺得好像回到了二十五歲。」他想要讓外表回到年輕時光的意圖也很明顯，把童山濯濯所剩無多的幾根毛都梳了起來，從去年春天以來，大家常常看到他在院子興致沖沖地跳操。

可隔天早上，我們都不安地躲避彼此的目光，盯著自己的腳不敢抬頭。我們帶著水果盒趕了回家，沖洗的過程充滿了儀式感。奇果的滋味沒有變，口感綿密、結實的果肉緩緩地承接每一次的咀嚼，甜味中帶有一點點酸酸的餘韻。可是這次下肚後隨之而來的感受卻是消沉與不安，好像自己的情緒遭了一次胃痛。

馮先生孤身一人在家裡的廚房，滿心期待地切開了果實。吃了幾片酸溜溜的水果後，他開始咳嗽，必須得坐下來。一股苦澀的感覺油然升起，他想起了戴著高帽的老先生，他的同學圍著他痛毆一氣，直到他仆倒在地……這都是很多年前的事了，時代已經不同了。可是他還是抱著頭，花了十分鐘才讓噁心的感覺退去。

電話響了好幾次，最後他才接了起來，打來的人是今天排隊隊伍裡遇到的朋友，他問：「好吃嗎？」

馮先生頓了一下才開口：「很好吃，你覺得呢？」

「太棒了。」

我們互相說謊，試圖掩蓋吃下果實後的效果。朱阿姨吃下第一塊的時候，整個人被羞愧的感覺吞噬，強烈到有那麼一瞬間她的視線一片模糊。那一次，她把小孩單獨留在家，被火爐燙傷；那一次，她餵給自己的岳母一塊掉在地上的魚肉。好多好多回憶湧了上來，責難著她的所作所為。

老周在家裡吃了一盤**奇果**後，馬上就被悲傷的感覺包圍，既強烈又難以言喻，讓坐著的他動彈不得。他一閉上眼睛，腦海就浮現脖子上掛了「資產階級」大標語的男人，正跪在所有人面前。這個男人就是他的父親，是一位書法家，父親下葬之前老周再也沒看過他，他是被亂石打死的。老周坐在桌邊，一動也不動，接下來的兩天足不出戶。

有的時候，一口**奇果**的確還能帶我們回到第一次品嘗到它的季節，內心有著滿滿的悸動，好似舞伴擁著你搖擺、好似心裡有股滿足的暖意、好似家人陪伴在身邊，既完滿充實又開心洋溢。但大部分的時候，奇果帶來的卻已是追悔、羞愧的感覺。

儘管如此，我們還是常常吃它，但的確次數沒有那麼頻繁了。奇果還是很好吃，無論如何我們依然著迷於它的滋味，起碼在黑暗襲來前，有那麼一陣短暫的美好時刻。

不久的報紙頭條開始報導我們早就心知肚明的事情，他們說這一季時節不好。是啊，時節不好。

我們有些人試著想醃漬或發酵奇果，還有人用鍋炒、加上一些糖，想把它跟其他水果混成綜合蜜餞。但沒有任何招數能讓它的效果轉好，很快地超市就開始舉辦促銷活動：「奇異的水果，半價優惠！」

我們渴望這一切的解答，孫山出品的范時一上電視接受專訪，他的說法是收成的季節下了不尋常的大雨，讓土壤裡的酸性驟然升高，可能是異常的主因。他說：「果實應該要熟透再吃。」但大家都覺得他的話實在沒什麼說服力，他的太太也從螢光幕上消失了。

全國各地都傳出了詭異的新聞事件，先是有個中學生吃了媽媽裝在午餐便當裡的**奇果**，那天下午便爬上學校頂樓然後一躍而下。接著有個商人突然宣布自己要捐出一半的財產，接受訪問時他時不時地拭淚，我們都覺得他一定是吃了**奇果**，因此想要為了某段罪惡的過往贖罪。

我們這一帶的人就屬龐阿姨變得最多，她的改變顯而易見，眉頭深鎖、燙好的頭髮毛毛躁躁、眼神失焦又充滿愧意。最近其他太太在公用廁所碰到她，龐阿姨不會和蹲在一旁的人寒暄，而是匆匆整理然後離開。

龐阿姨一輩子都是一個極為務實的女人，她跟捧鐵路局鐵飯碗的孫先生結婚，忍受他長期不在自己身邊，生了兩個孩子，在紡織工廠工作三十四年之後，領取一份可以餬口的退休俸退下崗位。他跟孫先生的生活沒有什麼激情的火花，但激情又算什麼？他們那時已經三十六歲了，孫先生辦事老練，一點也不在乎她的多話。他喜愛她的廚藝，她也喜歡做飯給他，他們之間有的款款柔情，比起大部分的婚姻可能都有過之而無不及。

可是她也無法否認，自己近來對老周開始有了愛慕之情，她覺得他們彼此算是看對了眼。其他人眼中對於八卦的直覺，其實只不過是想要**察覺**事情發展的強烈渴望，想從事物裡發掘**各種可能性**以及代表的意義，不管是鄰居臉上某種一閃即逝的表情、還是屋頂上聚集的八哥鳥都一樣。她覺得老周也是這樣的人，他對於她的一切了然於心。

儘管如此，過去一年來龐阿姨總覺得沒有必要跟丈夫談這件事，她不想要離開他、傷害他。這樣就夠了，她覺得在市場裡碰到老周就可以了，偶爾帶一些她親手做的新月型的餃子給他，兩個人在微涼的夜裡散散步，感覺彼此的多年友誼起的微妙變化。有的時候，她發覺他的手挽著她的臂彎，還有一次在一片昏暗之中，他的手搭上了她的腰，就這樣兩人一起走了半條街。

可就在那年春天，吃掉超市買來的半盒**奇果**後，龐阿姨覺得心裡突然升起一股強烈的羞愧感，她不得不扶著桌子才能勉強站穩。她那時正站在廚房中，切著有寶石色澤的水果，一片片放進嘴裡品嘗。她吃完剩下的**奇果**，酸甜又可口，對自己的憎惡也隨之高漲，她拿起菜刀在空中揮舞了一陣，最後不住地顫抖，把刀子丟到了檯子的另一邊，離自己遠遠的。她跌坐在地上，哭了起來。

孫先生聽到一陣撞擊聲，走進來問龐阿姨發生了什麼事，於是龐阿姨一五一十全部都說了。

不一會我們大家就看到孫先生下樓，在中庭裡失魂落魄地行走。他戴了一頂很舊的氈帽，跟當下的天氣一點都不搭，看起來好像剛剛突然被狠狠地揍了一拳，一時之間不知如何是好。他沒有搭理我們的招呼，快步地走出我們社區，筆直地走了半條街，直到他闖了紅燈，在街上被疾馳的摩托車撞倒為止。

我們在他身邊急切的呼喊著，他則倒在溝中一動也不動。

我們其他人的日子照樣得過。

先生、太太、或小孩吃飯吃到一半突然無法自持，默默留下淚水而離開餐桌，對我們來說已經不是什麼值得大驚小怪的事。我們習慣了某些商店偶爾會有那麼幾天大門深鎖，老闆躺在床上，深陷在悲傷或罪惡感中。我們慢慢地理解他人悲傷的脈絡：朱阿姨在市場難過地翻著一堆碰壞的紅番茄，一邊跟我們說她第一個孩子其實是流掉的，直到二十年後的今天，她還是覺得悲慟不已。保安跟我們坦承，他某晚曾喝醉酒跟人打架，把一個還在流血、臉朝下趴在地上的人丟在路邊，也不知道最後發生了什麼事。

老周不需要跟我們說，我們也能懂他的感覺，他在中庭來回踱步，等著龐阿姨回家。他在市場裡躲避著我們的目光，自己一個人扛著一袋袋防風草根跟蒲公英葉回家。他還拿起了古箏，我們夜裡總聽他彈到三更，弦卻走音了難以入耳。

丈夫被摩托車撞到之後，龐阿姨在醫院裡守了好幾天。他的肺部挫傷，還斷了三根肋骨，整個人躺在厚厚的石膏中，看起來似已神智不清，時不時偷瞥妻子幾眼。龐阿姨第一次和先生道歉之後，先生被推進了急診室。她喃喃自語了一陣，後來安靜地坐在金屬折椅上面對著他的病床，大部分的時候都望著窗外。

他並不知道兩人之間會發生什麼事，但每天睜開眼，她都仍然守在那。她帶來熬好的大骨湯，還有在家捏好、蒸好的包子過來。有的時候她會躲著他的目光，坐在那裡削自己的蘋果。第三天他才開始吃上幾口，算是對她的讓步。

那個水果季的某天，有個頭髮正在轉灰的男子閒晃到我們的社區，沒人認得他，但他說要找一個退休教授，名字叫老宋，人就住在二樓。老宋正坐在中庭，風濕病又犯起來，我們看他時不時抖起右膝的樣子就知道。我們一群人看著陌生人朝老宋走去，接著跪了下來，邊哭邊說：「您父親自殺前三天，有群人拿鞭子抽他、朝他吐口水、罵他是資本主義的豬，我就是其中一個。我那時還太年輕，現在已經老了，我很愧疚。」

我們聽說類似的場面全國各地都在發生，打破了數十年的禁忌。有時候事情收場的不是頂光彩，很多當事人終究無法放下。但其實看到一群老人在街上熱淚盈眶也不是什麼新鮮事，互相擁抱或是一起品嘗**奇果**並交流彼此的記憶：頭髮一夜花白的母親；用來責打受害者的皮帶；或是我們搗毀的廟宇。

不久之後大家便一起慶祝烈士紀念日，當天電視上轉播了盛況，魏麗娜在午間節目上演唱〈我的奇果真甜美〉，舞團和許多歌手都獻上了演出。當天節目的最高潮是國家領導們以國是名義參訪了烈士紀念碑，穿上了肅穆的黑西裝，在白色的大理石碑前鞠躬。石碑旁邊妝點了精緻的花卉藝術。每位領導輪流致詞，說的話我們都差不多會背了——我們替偉大的祖國付上了多大的代價、我們的成就有什麼重大的意義、還有我們的未來有多麼光明。

最後一位上台講話的人比其他人都老，我們都看得出來他爬階梯得花一些力氣。他轉身瞻仰身後的烈士紀念碑，扎扎實實的一塊白石板，就像墓碑一樣。風掃過了他頭上僅剩的幾綹頭髮，接著我們所有人都看到他的臉瞬間垮了下來，眼淚滾滾流出，滑過臉上一道道皺紋。他喘著粗氣，一邊說：「對不起。」有那麼一瞬，他濕漉漉的雙眼直視著攝影機，然後他又說了一次：「對不起。」轉播就是在這時被突然切斷的，螢幕陷入黑暗。

隔天政府就查禁了**奇果**，幾乎一夜之間，貨架上的奇果就消失的無影無蹤。「**奇異的水果半價促銷**」的標語被「**桃子超甜超好吃**」所取代，烤堅果也順便推出了特價活動。來到超市尋找**奇果**的人在走道上悵然若失，帶著那麼幾分惆悵。

不久之後，傳言四起，據說孫山農場被鐵絲網封鎖起來，旁邊二十四小時駐紮配槍警衛。又後來，聽說政府放火燒了整片**奇果**園，矮小乾癟的范時一還有他那大牙縫的妻子都人間蒸發了，沒人知道他們後來遭遇了什麼。

幾個星期的光陰過去，夏天很快就來了。西瓜小販出現了，在街邊推著車叫賣剛切好的新鮮西瓜，粉紅色的切片上還帶著綠色的果皮，串在竹籤上。那年的夏天比前一年還熱，雖然大多數人都覺得西瓜果肉早已食不知味，我們還是嗑了一大堆西瓜來消暑。我們把它打成刨冰吃，和孩子們在中庭吃得手黏答答；在太陽底下坐著享用，直到頭被晒得發疼。

接下來幾個月，孫先生出院了，龐阿姨也找回了幾分過往的從容。她不再穿飄逸的短褶裙，重新穿上了一成不變的拖鞋還有商場裡永遠在特價的寬鬆紗質上衣。我們在外頭碰到她時，她對於無傷大雅八卦的興趣似乎回來了。她注意到保安深夜都在伏案苦讀，她猜他大概想要考取警察的資格。她也注意到四樓那間公寓房已經翻新了，就是有個女人二氧化碳中毒死掉的那間，大概是家人準備把它賣掉吧。

老周再也不來附近的市場了，我們有時候會看到他大清早地就騎單車往反方向去，那頭有另外一個市場，我們猜他現在都去那裡買蔬果。他跟龐阿姨在路上擦身而過時，我們都不禁屏息凝神起來，但他們只是跟對方點點頭，不帶任何明顯的情緒。晚上我們還是會聽到他彈古箏，琴藝越來越進步了。

我們大家都聽說了，政府現在應該正在培育新品種的**奇果**，味道更好，效果也更穩定。他們說這種果實會更香甜，一年四季都結果。特別是冬天即將到來，我們已經等不及要試看看了。

NOTES
ARRIAGE

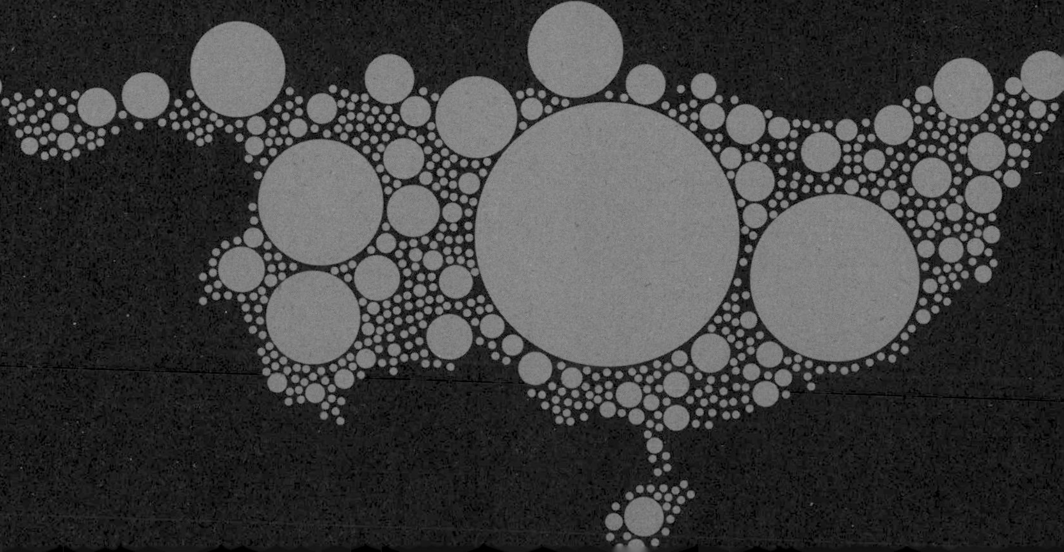

FIELD
ON A M

一段婚姻的田野調查筆記

老高說他不想去那裡。他說：「那個國家不怎樣，髒亂但並不迷人。」他覺得我們只有兩個星期的時間，應該把它花在浪漫的地方，一個能配得上蜜月旅行的旅遊景點。我對他的看法提出反對的意見，小時候我最喜歡的娃娃是一個中國女孩瓷娃娃，烏溜溜的辮子綁得緊緊，紅色的睡衣上鑲著金線，小小的靴子是絲質的，搭配得剛剛好。我一直都想去看看那個地方，我跟老高說：「我想去看看你的故鄉。」但他只是搖了搖頭，說下次再考慮吧。

我們是在去年十月認識的，我一定在校園裡看過他，但我不知道當時有沒有機緣注意到他。如果我有的話，我可能會覺得他是研究生吧。他的樣子有那麼點文弱，總是穿著皮夾克，我之後老是笑他這點，總是拉緊拉鍊到胸口。這讓他看起來像是一個躊躇滿志的機車騎士，而讓人忽略他本來的身分，也就是一個剛升助理教授的德語教師，同時還有幾篇前途無量的著作已經收入囊中。

我常去待著做事的咖啡廳那天擠滿了人，他來的時候給了我一個徵求同意的眼神，想坐在我旁邊的座位，我笑了笑，把正在處理的人類學課綱推到一邊去。我留意到他讀的書是一本普希金的傳記，於是就聊了起來。老高的癖性挺有趣，需要一些時間參透，他是個拘謹的人沒錯，一開始甚至讓人覺得有些倨傲，可是有的時候他會突然迸出一陣發自內心的笑，讓你暗暗驚訝。比方說，我在農場中成長這件事，對他來說別具興味。

「農場呀！」他說著說著就笑場了：「不會吧，真的嗎？山羊，乳牛，那些東西？」

「其實大多是苜蓿芽草，飼料而已。」我微笑著補充：「在印第安納州。」我說不上來他覺得哪裡好笑，但看到他愉悅的樣子，我也忍不住嘴角上揚。

我之後才知道，在咖啡廳停留，是他在健身房運動完後的例行公事，接著才回到他的辦公室，他生活中的大小事都安排得井然有序。他每天在健身房運動兩小時，把自己設計的專屬流程走過一遍，腿部的四頭肌還有外側肌，整套動作聽起來就像一連串數學問題。然後他就回家，接著吃半磅的球芽甘藍，從袋子裡倒出來，在爐子上用水滾熟。他不吃任何含糖的食物，也不吃任何炸的東西，他跟我說：「我對食物沒興趣。」

一開始先是在植物園中散步，在燈光明亮的咖啡館午餐，然後週末去跳蚤市場逛逛。我真的差點要接受我們只是朋友的念頭，直到有天晚上一起去學生的室內樂演奏會時，老高突然牽起了我的手。演奏會結束之後，我們在路邊親了彼此乾巴巴的嘴唇，有夠保守拘謹的，手笨拙地摸著彼此，好像還在摸索，像極了青春期的孩子。

他不喜歡談有關自己的事，我其實覺得挺痛快的，在人人敞開心房的大學環境中待了這麼多年後，這種性格有種老派的韻致。我在第二次約會的時候說：「你來自中國。」我們那時正在植物園一片尖利的葉叢中漫步，那一區的主題是北美洲的沙漠植物。我帶著幾分期待望著他，他點了點頭，好像這是一連串必須忍受的例行公事：「是哪邊呢？」

「你沒聽過的地方。」他順帶提及了那個地方的名字：「不過就是窮鄉僻壤罷了。」

「三輪車還有無盡的稻田？」我開了個小玩笑，而他聳了聳肩：「可以這麼說吧。」我問他怎麼學德語的，但他也不願多加著墨，只說他拿到了中學的獎學金資助，得以前往歐洲，然後就這麼留下來了。他雲淡風輕地說：「我十六歲以後就再也沒回去過。」他講起家鄉的口氣不帶感情，似乎希望問題就此打住。

他卻想要了解關於我的一切，問起我的田野調查還有家庭。從來沒有人這麼急切地想知道有關我的事情，讓我既陶醉又有種喜上雲端的虛榮。他對每一件事情都想要鉅細靡遺的發掘，從小時候的綽號到學校科展的細節都不放過，用功的程度好像未來某天要對同儕審查委員會證明我們的關係。

「你還真是自立自強呀。」我們剛開始熱戀的那段時期，有次老高這樣跟我說。當時他第一次來我家作客，打開冰箱後發現了一排排疊好的保鮮盒，還有一旁寫得工整的購物清單。他這句話是誇讚我的意思，我頓了一下，然後跟他道謝。

六週之後的星期六，我們在我家臥室裡度過整個下午。明亮的陽光照在我們的裸體上，好奇地研究著彼此的身體，不帶任何慾望，好像博物館策展人正在分門別類藝術的表現技法：這裡的痣微微突起、那裡又有一道淡淡的細紋。午後的陽光從窗外灑進來，透過了每根體毛而發亮著。我覺得懶洋洋的，在溫暖中不由得想東想西。我們看西班牙語的肥皂劇看到一半，我偶爾翻譯給他聽，情節讓我們笑個不停。（場景是一場婚禮，牧師摘下了假鬍子，然後秀出自己的真實身分，原來是新娘的情人。）

「你沒有過，對吧？」把電視關掉的時候，他說：「我說結婚。」

「沒呀。」我一邊瞪著天花板，一邊回答他。沒什麼大不了的，我沒做過的事情多著呢：沒跑過馬拉松、沒當成醫生、沒習慣地中海飲食的口味，但也做過很多事就是了。

「不然我們結婚吧？」老高說。

「你在開玩笑。」

「為什麼不行？」他說。我翻過身來看著他，他一隻手撐著頭斜躺著，臉上帶著一種讓人玩味的表情看著我。

「我們幾乎不了解彼此。」

「可是我是認真的。我們很合得來，你不覺得嗎？」

我倒回床上，心裡只覺訝異。幸福的微妙火花在身體裡開始翻湧，我回答他：「好，就這麼辦。」

他翻了身撲在我身上，用手指輕搔我下巴：「真的嗎？**小兔**？」他是用德文說的，我從來沒喜歡過這種動物，總是神經兮兮、眼睛紅紅，但我不在意，因為他的用意是好的，是對我的愛意。

我點了點頭，他先說了一聲：「好。」然後坐起身，開始哼起歌來：「明天你有要做什麼嗎？」我一邊笑著，一邊伸出手想把他拉回來，但他已經往廚房去了。我聽見水龍頭打開的聲音，還有冰塊敲擊的清脆響聲，水簌簌流著。就算已經在美國長居十年以上，老高還是執著於水可以直接生飲這件事，每天都能喝上十來杯。

我們結婚之後，老高對我鍥而不捨的問題停止了，好像我是他的研究主題，他那無時無刻都在運轉的大腦已經駕輕就熟。我們把彼此井然有序的結合在自己的生活中，完完全全融入彼此的世界。他搬進我家時只帶了兩箱衣服，他所有的書籍跟論文都放在辦公室。我們的碗盤架上有兩個盤子跟兩個馬克杯，我的是深紅色的，他的則是綠色的，每天晚上我們洗過然後交替著用另外一組。

我們為了見爸媽，在印第安納過了一個禮拜。老高跟我母親到市場削玉米，又跟我父親坐上拖拉機到農場裡。晚上我們把門打開坐著，聽著草叢裡的蟋蟀聲。平常我去那裡總是覺得焦慮不安，感覺孤立無援，但我看得出來這樣的生活某種程度上吸引了老高。他可是一個完美的客人，吃了很多他平常根本不碰的東西，像是培根或是厚鬆餅，還問了我爸媽好多有關農場的問題，這樣的他讓我想起我們剛認識的時候。他們作出回應的方式就如同當時的我，覺得備感榮幸對老高好感大增。（他們還問我他是不是中國派來的間諜，我媽說：「他的體格很好耶。」我說他不是的時候，臉上似乎還有些失望。）

第二天吃早餐時，我跟他們說：「其實老高也是在農場上長大的哦。」

我父親說：「這麼巧？」

我看見老高躊躇了一下，說：「其實不算是。」

「我以為你之前說過你在鄉下長大。」

「應該說是小鎮比較貼切。」他補充說明：「我媽媽是中學校長，我爸爸則是政府官員。」

我之前從來不知道這些事情，我覺得自己笨極了，好像自己對他的不了解被拆穿了。我站起身，手握著玻璃杯不悅地往門口走去，希望他會跟上來找我，但他沒有這麼做。過了幾分鐘之後我自己回到位子上，不希望把場面搞僵。

那起事件後的好幾個月，老高常常都不在我的身邊，在辦公室工作到很晚或是在健身房花上好幾小時運動。我並不是很介意，我也還沒習慣花這麼多時間和另外一個人相處。我們平日常常都各吃各的，但是每週五晚上都固定在一家四川餐館一起用餐，吃像花瓣一樣軟嫩的水煮魚，這道菜還會加上血紅的辣椒，把我的嘴唇辣得發麻。

我們時不時會去踏青，爬上充當防火通道的登山小徑。我們相處得非常融洽，不過我有時候確實會有不甘僅止於此的感覺。我們的週年禮物是紙作的，他為我摺了一套精緻漂亮的紙盒組，我把它們打開，期待在裡面看到真正的禮物，然後因為裡面空無一物臉紅了起來。我發覺自己搞錯了，希望他沒有察覺到任何異狀。

夜深人靜，這些回憶總是會不請自來，在腦海中泅泳而至。大部分的時候我拍拍自己的頭，將這些吉光片羽送走，讓它們回到黑暗的潮水中。我告訴自己逝者已去，繼續執著意義不大，他們終究已經無法回應了。

前往老高家鄉的旅程有將近一萬公里遠，耗時十七小時。空服員穿過走道，提供茶水還有杏仁餅乾。我的頭靠在漆黑又冰冷的機艙窗戶上，看著眼前的螢幕，上頭有著藍綠相間的地圖，飛機的標誌記錄著我們的航程。我們接近目的地時，航空公司播放了一段歡迎的影片，裡頭的女子穿著飄逸的洋紅色長袍並撐著紙傘，望著朦朧的寶塔還有池塘內閃動的金魚。

接近老高家鄉的機場外，景色就顯然沒那麼怡人了。一道道倉庫構成的線條蔓延開來，長達好幾公里的重複單調荒涼，根本不是老高口中說的小鎮，但我猜想他離開的時候，可能景象如同他的記憶。我們來到市郊時，我感覺到計程車司機打量著我，一個孤身坐在後座的女人。他說：「美國來的。」並不是一個問句，我用開朗的態度回答：「是的。」但他就只是點了點頭。

一個小時後我們抵達旅館，一棟斑駁的水泥建築，上頭裝了一塊招牌寫著

「金鳳凰酒店」，隔條街專售紡織品的小賣坊不斷傳來刺耳的叫賣聲。往內走，飯店的大廳冷颼颼的，還擺了塊已經褪色的手錶廣告牌，上頭是一對西方情侶。女人擺著姿勢，臉色灰黃暗沉，還長了個蒜頭鼻，肯定拍不上美國的廣告；旁邊的金髮男人笑得陰陽怪氣，看起來像是一個隱身在全家福照片裡的連環殺手。

老高的母親隔天在那邊跟我見面。她的頭髮綁著緊到不行的辮子，穿著紫色天鵝絨的運動服。她直接走了過來，勾起我的手，有種我沒預料到的溫暖。她跟老高的父親都沒有來老高的葬禮，我試著不要對他們的決定有先入為主的看法，但似乎有些徒勞。

「你來啦。」她一邊說，一邊活力十足地把我引向外頭，眼神卻不大看我：「歡迎。」

我不大自在地說：「很高興見到您，我想來這邊已經很久了。」

來到外頭的停車場，她屈身坐進了暗灰色的轎車駕駛座，調整後照鏡的過程簡直就是精準的表演。「我的寶貝，全新的哦。」她說著就笑了起來，好像要確認我知道她只是在說笑一樣。她大學唸的是英文系，老高以前告訴過我，但她對這門語言的駕輕就熟仍然讓我感到驚訝。

車程花了些時間，經過了一間間有著簡陋紙板招牌的商家，我讀不懂上頭寫的字，但其中幾塊看得出賣什麼的蛛絲馬跡：像是一張工具與釘子的圖片、或是一隻羊站在鍋子前面（理應是餐廳之類的店家）。雨包圍起我們，也讓前方的路黯淡下來。

她沒有邀請我，是我不請自來，我們就這樣在車上不發一語的前進，讓我不禁思考他們到底歡不歡迎我來這裡。最後我決定試探性地開個話頭：「很高興可以來這邊，老高跟我提過這邊的很多事情。」

這並非事實，或許她也感覺到了，所以只是微微頷首。她說附近有間廟，她要帶我過去，還有一個不很大的博物館，問我還想看什麼？

我說：「任何跟老高童年相關的東西都好。」

她跟我說留下來的東西不多，政府好多年前就拆了他們的老家，然後原地蓋了一間商城，學校也已經轉作政府辦公室使用。我覺得很遺憾，但試著不要顯露這種情緒，於是說：「但我還是想去看看。」

「商場嗎？」我總覺得老高的母親一直給人一種她的確當過校長的感覺，除了燙過的頭髮跟紫色天鵝絨外，她身上有種鋼鐵似的精明幹練。我說對，但她只是不耐地搖搖頭：「那邊啥都沒有，你應該看看一些跟歷史有關的東西，這座城市有四千年的歷史。」

我表示同意，她笑顏逐開，打開了收音機，對話淹沒在樂聲中，好像也不大有必要了。

老高不是一個受歡迎的孩子，是他自己親口跟我說的，但因為母親的地位，大家還是敬他三分。尤其是同學的家長總是想討好他，放學來接小孩時會塞糖果給他，還會誇他頭腦好。最後他身邊物以類聚一小群跟他很像的男孩子，頭腦靈光又有些不安全感。他們的名字總是獨佔鰲頭，常常拿下榜單上最高分的成績，每週張貼在學校校門外讓所有家長看。

但有個不屬於這個團體的男生，總是能在語文以及數學上傲視群雄，他們都叫他「老鼠」。老鼠是寄宿生，來自一個需要一整天車程才能到的村子，我問老高為什麼要給他取這個綽號，他聳聳肩說：「因為他很瘦小啊。」

中考快到的時候，學生每週要讀六天的書；一天要花上十一小時。老高就是最認真的那個人，因為大家都覺得他會考得很好。「你無法想像壓力有多大，其實很殘忍。」他跟我說。

那時我們人在德國度蜜月，他帶我去他拿學位的大學參觀，我們去圖書館裡面他平常唸書的座位，還去了他博士論文答辯的教室。他在那邊停了好一陣子，似乎不想動身前往下個地點，然後跟我說：「所以你可以想見，我有多開心自己可以離開那個地方。」

來到了寺廟，我問老高的母親他小時候是什麼樣的小孩，她說：「他是一個好學生。」我們肩並肩站在一起，望著穿著長袍漆成藍色的塑像，神祇的眼睛則是用硃砂點成。她的手穿過我的臂彎，緊緊扣著我的手，讓我很難側身觀察她的表情。但是當我問她還記得什麼事的時候，我卻可以感受到她的歎息，儘管只是輕輕一瞬而已。

「他很有規矩，很勤奮認真，唸書唸得特別好。」

她不斷重複強調這幾項特質，讓我忽然冒起一陣無名火。藉著查看說明牌當幌子，我向前移開了幾步，然後問她：「他是個開心的孩子嗎？」

「當然囉。」她一副替自己辯護的語氣。

「他一直沒回來，真是太糟糕了。」我說。

「不會呀，他也沒有這個必要。」

我們繼續往前走，這座寺廟裡劃分了好幾區的庭院，還有一條長長的走廊，裡頭有好多格小小的壁龕，裡頭是用閃閃發光的金色塑膠鑄成的一尊尊佛像。頭頂上的木梁畫滿了綠色、白色、深紅色的線條，彎彎曲曲好像是近來才剛漆好的，地上還散落了一堆堆新的磁磚跟釘子。一塊標語上寫道，這座寺廟在十五世紀的大火中燒毀，重建之後又在一場地震中倒塌，因而重建成現在的樣子。

老高的母親說：「這座廟有六百年歷史，很古老，可不像你們美國。」

我們又走了一段路，然後她叫我站在一尊佛像前，拿我的相機為我拍照。

那天下午她已經叫我在好多地方留影了，先是一塊刻字的紀念碑、岩石景觀、再來是小涼亭，我的臉都笑僵了。

「那邊你覺得如何？」她手指著另一區園景問我，因為不想讓她失望，我便往那區走了過去。她又拍了張照片，只是這次我已經笑不出來，最後往出口移動的時候，我簡直鬆了一大口氣。

「老高來過這個地方嗎？」我問她。

她思考了一下，然後搖了搖頭：「這邊是觀光客來的地方。」

「好吧。」我開了口，但也沒什麼好說的，只好淡淡地補了句：「很漂亮。」

結婚兩年後，老高專注在自己身上的時間更多了，他花在辦公室的時間一天比一天長，但他的學術發表過於發散，並沒有得到關注。近來有一筆專案補助金與他擦身而過，曾經的他是可以輕鬆爭取到的。德語系並不大，那學期雇用了一位年輕的烏克蘭學者，才剛拿到博士學位，大家都覺得他是系上的明日之星。有一天我到老高的辦公室，發現他手抱著頭趴著，我呆站在一旁好幾分鐘，觀察了一陣子之後才戳了戳他的肩膀，他說他剛才睡著了。

我們慶祝結婚兩週年紀念日的時候，老高對我說完「老鼠」的故事。我們去市中心的四川飯館用餐，餐廳經理把大片玻璃窗旁的位子留給我們。他上了魚、飯、還有辣椒炒豆腐塊，上頭灑了滿滿的蔥花。我們之中有一個小小的花瓶，裡頭放了一把還沒有開的菊花，捲曲起來的樣子就像小小的拳頭。老高那天在辦公室可不好過，先是開了系會議，又花了好幾個小時修改論文，這篇沒發表成功的論文已經被拒絕兩次了，所以他都沒有說話。因為當天是平日晚上，餐廳裡頭也很安靜，我在想服務生看不看得出來我們的狀態有些微妙。外頭的天色已經暗了，我把我們倆想像成默劇演員，人行道上的過客像是觀眾，從發亮的窗看見我們，就像是舞台上的表演。

為了打破過長的沉默，於是我跟他說：「跟我說些東西吧。」

「要說什麼？」

「都可以，跟你有關但我還不知道的事。」

「你先吧。」他跟我說，一邊拿著叉子小心地幫魚去骨，手指頭把細又軟的魚肉剝下來。

「好啊。」我說：「你確定不想點一些酒嗎？」他點了點頭然後握住我的手，我注意到他越來越常做這個動作，最近我已經無法從中感受到愛意，反倒覺得他好像委婉地要我閉嘴。

我跟他說了我家第一隻貓的故事，本來我是她的主人，可是感覺她不是特別喜歡我，總是比較喜歡賴在我爸媽的床上。以前我總是偷偷溜進爸媽的房間抓她，想抱她來跟自己睡，結果卻被她抓門想要逃出去的聲音吵醒。「她是在我上大學的時候走的。」我說著說著，想要擠出一聲乾笑：「直到生命的盡頭，她都沒特別喜歡我。」

他失神地笑了笑，然後擦了擦嘴：「真是隻笨貓。」

我說：「換你啦。」他很抗拒，說自己沒有什麼東西好講的，但我逼著他一定要說些什麼。最後他摺好了餐巾，把它放到桌上，臉上閃過了一陣詭異的陰沉，緩緩地開口：「我就跟你說一個故事吧，既然你問了。」

他跟我說，他跟他那群朋友十四歲的時候，有次他們突然認為老鼠是日本來的間諜。老鼠來自很遠的地方，沒有人知道他家祖輩是誰，人看起來怪怪的，也比其他人的髮色淺。（老高補充，他現在才知道原因可能是營養不良。）老鼠的成績無懈可擊，「幾乎有著軍事化的紀律」，他們彼此都同意這種看法。他還有一件令人發噓的白色襯衫，他們開始深信不疑那是日本式的剪裁。

好幾個月下來，他們密切關注老鼠的一舉一動，想要找尋線索。有人晚上看到他跑去浴室，覺得他有可能在那裡私見共犯。有位老師下課之後把他單獨留下來，代表他們可能是同夥。有一次他還回自己的村子，雖然表面說法是他的祖母去世了，但老高跟朋友都知道老鼠去山上訓練了。他回來之後，好像大家的擔憂煞有介事，他們覺得他隨時會使出訓練時學會的招式攻擊大家。

他們杜撰的情節漸漸煞有介事起來，老高說：「這本來只是遊戲而已。」他從工友那邊偷了一些老鼠藥來：「我們還開玩笑說，老鼠藥是用來毒老鼠的。」另一個男生自告奮勇跑去跟老鼠攀關係，開始跟他一起吃中餐，還有一個男生準備了更多老鼠藥，以免第一次行動沒成功。下手的人是那個跟老鼠一起吃飯的男生，在餐廳裡往老鼠的炒茄子裡倒了一大堆老鼠藥。

「天啊。」我問他：「結果怎麼了？」

老高看著我，好像我問了一個很愚蠢的問題，然後不悅地說：「當然是死了。」

我不知道該說些什麼：「他們有抓到人嗎？」

他沉默了片刻才回答：「一個男孩，就是給他下藥的那個人。」

老鼠的雙親從山裡的家鄉趕過來收屍時，他們才發現自己鑄下大錯，母親整個人歇斯底里，父親整個人都僵了，無法接受事實。他們都來自窮苦的鄉下，講話時鄉音相當濃厚，學校的行政人員理解起來相當吃力。

「然後你就去德國了。」我說。

他點了點頭：「之後就去德國了。」

那年春天雨季來臨之際，螞蟻入侵了我們家，在浴室裡排出彎彎曲曲的黑線。我們買了一罐凡士林，在亞麻地板上豎起一道道小牆，試著阻止他們一波波的進攻。這個方法沒有奏效，所以老高拿起吸塵器就戰鬥姿勢預備，要擋下牠們的進攻，絕不允許任何漏網之魚。爬在我們前門門口上的牽牛花藤都開了，紫色的花喇叭綻放著。我們深入聊過之後，我覺得他看起來放鬆不少，也更常歡笑，會在家中待上比較長的時間。我們還開始講到生孩子的計畫，已經準備好隨時都能開始嘗試。

有天晚上，我看一疊學生的卷子改到睡著了，起床的時候天才剛亮。老高前一天跟我說他晚上要在辦公室改完作業才回來，但直到早上他那半邊的床都原封不動，家裡只有我一個人。我給自己泡了一些咖啡，打電話到他的辦公室，不耐煩地來回踱步思考後，決定直接開車去找他。

早晨的寒意還未退去，這種冷總讓你期待鳥鳴快點到來。老高的辦公室大門深鎖，我拍打他的窗戶卻沒有人回應。我找到了中控室，在那裡等到上班開門，請一位工友陪我過去開鎖。門打開時，老高的椅子已經靠好，整個辦公間空蕩蕩，我順手開了燈卻只是徒勞。我笑了笑說：「謝謝。」不希望看起來慌張失措：「他一定在哪邊忙得忘了時間，我去圖書館看一下。」

他也不在圖書館。我試了健身房，在一排排學生中搜尋他的蹤影，他們踩在跑步機上，綁著整齊的馬尾，肌膚仍然年輕有彈性，但老高不在那裡；又去了我們第一次見面的咖啡廳，老闆才正要開門、睡眼惺忪。我最後只好先折回家，或許他已經在我出門的時候回去了。

但是他沒有，我又煮了更多咖啡，然後坐在沙發上。我拿了一條毯子蓋著，想說他是不是在跟我賭氣，搜索枯腸試著回想自己是不是無意間冒犯了他。我整天坐著，反覆加熱幾碗湯，直到四點時電話響了起來。附近的警察打過來的，是公園處的來電，他們找到他了。

報案的人是一位老先生，帶著家裡的邊境牧羊犬出門爬山散步。老高的屍體吊在樹上，臉色已經發黑，身上穿著皮夾克，身分證還有車鑰匙都在胸口口袋，已經斷氣了一個晚上。他的車子是在另外一個空蕩蕩的停車場裡找到的，他在儀表板上擺了張載明聯絡方式的小卡，親手寫上我的名字跟電話。我難以置信地在家裡翻找了好幾天，卻找不到任何蛛絲馬跡，沒有道歉信、沒有解釋原因的字條。他什麼事情都悶在自己心裡，就連決心赴死的原因也不讓人知道。

沒有他的日子繼續地往前走，得打電話給朋友還有葬儀社，還要安排好多細節。我的朋友都在等我向他們傾吐傷心話，但我已經麻木了，不知道還能說什麼。我們的婚姻很短暫，就這麼結束我只能說真的很遺憾。但我也告訴自己，只有他了解自己的人生，而他的自我了斷，也是為自己下的決定。

只是，葬禮結束後，那種感受終於經不起自持，在我內心深處破了個大窟窿。晚上睡覺躺在床上的時候，我會把自己埋在他的襯衫下面，想像我們如果有孩子，會是怎樣的光景（他的臉頰還有我的眼睛）。我發覺自己會在超市走道或是講台上哭出來，淚水來得快去得也快，我也漸漸習慣了這不速之客。這種感覺好像心跳節奏變了或是近視，還沒適應過來，但已經無可挽回地成為我的一部分。

我還是把他的杯子還有盤子留在架子上，前門也還收著他的平底皮鞋。我開始感受到一種不理智的憤慨，別人的婚姻破裂是因為出軌、疏離、或是背棄這種顯而易見的理由，再怎樣他們至少可以拿起電話尋求真正的原因。

就這樣過了渾渾噩噩的好幾個星期，我完全記不得之間發生了什麼。

秋天過了，緊接而來的是冬天。埋首在辦公桌前，我抬起頭的時候春天已經不請自來，系主任正站在我研究室門口。她跟我說，或許放長假是個好選擇，光是上個月我就有三堂課沒有出席，學生們已經開始發牢騷了。

不久之後，我來到書店的旅遊區，驚訝地發現雖然老高一直說他家地處偏遠，一本中國的旅遊書上卻提到了這個地方，簡單地記錄了該地的特色。聽起來並非什麼必訪名勝，文字如此形容：「這裡看起來灰濛濛，是四通八達的中轉站，旅館品質尚可」，還列出了兩間廟宇以及一間博物館。總之，這段話讓我心裡起了一陣波瀾，看見白紙黑字記載著這個地方，貨真價實，還有著前往該地的清楚指引。一個月以後暑假到來，我坐上了飛機。

博物館的行程充滿人潮，孩子們推來擠去，搶著看壓克力箱子裡的展品，大概就是氧化的銅片或是古老的錢幣之類的東西。之後老高的母親默默地開車載我回到城鎮外圍的家，經過了一塊塊剛鋪好的路，穿過了點綴地平線的全新摩天高樓。我們時不時就會經過幾棟即將拆除的建築物，看起來似乎還有人居住，一邊是掛著洗好衣物的晒衣繩；另一頭是玩具三輪車。一位駝著背的老人雙手叉在背後，漫不經心地走了過去。

他們住的地方是狹窄的兩房公寓，位在十一樓，我們一進門，老高的父親就穿著橡膠拖鞋迎了上來招呼我們。他看起來比太太年長，戴著邊緣軟塌塌的黑色鴨舌帽，看到我就笑呵呵地問好。我對他馬上就有好感，他跟我說：「哈囉。」還拿給我幾顆錫箔紙包著的小糖果，又咯咯笑了起來，看起來似乎是習慣使然。

「**你好**。」我的聲音顫抖著，他又給了我一個笑容。

「請坐。」老高的媽媽說。她先引我到沙發上坐下，再進去廚房。我的腿痛極了，所以沒有表示反對。在博物館的時候她跟我寸步不離，大聲地讀著寫得亂七八糟的導覽文字，好像我是個小孩似的，我只要跳過任何一個展示櫃，她就會揮揮手要我回去好好研究裡頭的內容。

老高的父親陷進一旁的椅子中，神情愉快。整間公寓看起來像是暫宿之處，牆上什麼都沒掛。我試著跟他攀談，但他聽不懂我說什麼，我們只好把注意力轉移到電視上，氣質雌雄莫辨的主持人正在訪問一位女性來賓，瘦得像根欄杆似的，懷裡還抱著一隻鬈毛狗。

「你確定我幫不上忙嗎？」我斜過頭向老高母親的方向喊。

她從廚房門口伸出頭說：「不用。」一隻手上還抓著外殼光滑的灰色蝦子向我揮舞，蝦鬚抽動的樣子有那麼一瞬間看起來好像還活著：「這道菜很簡單。」

我可以從廚房那頭聽到鍋子裡的湯滾了，中性主持人那段結束之後，我起身朝著發出香味的地方走過去。老高的母親站在砧板前，把蒜頭切成黏呼呼的碎丁、把薑切成一條條細絲。我跟她說：「好香啊。」

「另一個房間裡有擺照片，你可以去看一下。」她頭也沒回地跟我說。

我覺得自己被她冷落，從廚房退了出來。書房裡到處散落著書本跟紙張，看起來跟老高母親劍及履及的果決個性有些衝突。桌上有隻絨毛猩猩玩偶，標籤都還沒拆下來。其中一個角落放著十幾盆盆栽，葉子上覆滿灰塵，旁邊則擺了個書櫃，上頭擺設了好幾張裱框的相片。其中一張照片是青春期的老高，身材清瘦，好像童話故事裡的流浪兒，髮膠把頭髮撐得高高的，穿著上頭一截沒扣的襯衫。他看起來好年輕，再次看見他的樣貌，讓我不禁倒抽了一口氣。還有一張他孩提時代的相片，她的父母蹲在他身邊微笑，他則張開雙臂，好像手上拿著什麼東西，想讓攝影師也瞧瞧。

我的身後傳來一陣聲響，是老高的母親正進來房間，我轉過身來，手上還拿著他少年時的照片。我擠出了一聲乾笑，和她說：「這是老高。」

「那是老高在德國照的。」她說這話的語氣，像是在糾正我。

我不甘願地把照片擺了回去，假惺惺地謝謝她特地為我下廚：「我怕我給你添麻煩了。」

「沒事，吃吧。」

老高的母親把蒸鍋放在客廳桌上的一角，裡頭的蝦子本來是灰色的，現在已經熟成玫瑰般的粉色了，另外還有一道菜是荸薺跟灰撲撲的高麗菜炒在一起。我們三個坐了下來，電視機還開著，亮晃晃的燈懸在頭頂上。

這頓飯的氣氛很不自在，老高的母親不想說話，我問她學校、附近這一帶或家裡的事情，但她都簡單帶過。我還是試著想尋求解答，卻愈發覺得心灰意冷，做了這麼多年的田野調查，在這場最重要的訪談裡，我卻沒辦法找到切入點。時間一分一秒地過去，她只是一味地催促我：「多吃點」，而不回答我對老高童年生活的問題，直到她問我：「你怎麼哭了？」

我搖了搖頭，覺得很難為情，擰了擰鼻子才又拿起筷子。我抬起頭時，她還在打量我，最後我好不容易才開口，帶著一種連自己都覺得差勁的顫抖說：「我以為這一趟不會搞成這樣的。」

「你覺得什麼會不一樣？」

「每件事都不該是這樣，我不知道怎麼說。」我回她。

她臉上閃過一陣不耐煩，她從塑膠面紙盒裡抽了幾張遞給我。

她說：「我兒子就不該結婚的。」

我問她是什麼意思的時候，她看起來有些欲言又止，然後輕輕地笑了一聲。我實在不知道她到底是不是為我好，但突然間我已經不在乎了：「你想說什麼就盡管說吧。」

她吃個不停，又夾起另一隻蝦子，熟練地把殼剝掉將蝦肉放進口中，然後歎了口氣，把筷子放下。

她說：「老高的好勝心很強，但他們對那可憐的男孩子做出這種事，嫉妒不應該是理由。」

我頓了下來，沒辦法接受她這個版本的說法，手突然覺得一陣冰冷，我緩緩地說：「事情不是這樣的。」

老高的父親對她說了些什麼，她激烈地反駁回去。我感覺他們的婚姻一點都不幸福，又或者是失去自己的兒子太衝擊了，還是在一個他們從未去過的遙遠國度。

「我不要乾坐在這邊聽你們說他的不是。」我說。她拿起玻璃杯，但是沒喝任何一口東西就又把它放下，她一臉同情地看著我說：「你其實根本不了解他。」

外頭天色暗了，老高母親跟我準備走回車上，我們四周的草叢裡蟬聲聒噪，天空有一抹粉紅的光影，空氣裡的涼意撲上臉，感覺不錯。我跟她說：「我自己叫計程車吧。」她拒絕了，本來以為她想對我示好，後來她才解釋說這裡不容易招到車子。我們沿著公路向前，經過一片倉庫，幾乎跟一座城市的規模一樣大，沿路都是新建案或家具店的廣告看板。眼前的景象毫無亮點，我懷疑老高跟我一樣會對這一切感到陌生。但我還是拿出相機，對著窗外的景色拍照。

老高的母親突然說：「老高很討厭這裡，我叫他帶你來好幾次，但他每次都說不要。」

我們沿著高架橋的彎道繞圈，最後被送上一條窄路，路的一邊是低矮的商家還有一間加油站，另一邊則是零零散散的平價餐館。我們經過一群孩子身邊，他們在路邊騎腳踏車，開心地對彼此亂叫，不久我們的右手邊就出現一片蓋得密密麻麻的住宅群，房子看起來很新，但沒幾戶有住人，窗戶都空洞洞地沒裝上玻璃。

再往前一些，稠密的建築物群突然岔了開來，我們接近破口的時候，我不禁倒抽了一口氣。

我問：「那是什麼？可以停車嗎？」

老高的母親把車停了下來，我看得出來車窗外頭的建築物皆聳立在掩埋場上，但他們的規律被打斷之處已然坍方，懸崖下頭是顛顛簸簸的荒地，堆滿了廢棄物及建材。往正前方看去，有一幢水泥建築孤伶伶地建在那裡，第一眼看過去，我還以為這棟房子有好幾層樓高，定睛一看才發現旁邊的地表都已經掏空，看起來就像是一個帶底座的雕刻作品，這棟建築物就蓋在好幾層樓高的土堆上。

這一幕就像是一件詭異的藝術品，或是某幅超現實主義的畫作，整座城市化作一片水塘，僅剩的房子漂浮在尚存的一角。我問老高的母親那裡還有沒有住人，她說有並跟我解釋：「這叫**釘子戶**，政府想徵收他們的土地但他們堅決不搬。」

另一方面，這個房子裡的人看起來似乎沒辦法離開，老高母親說，除了從布滿石塊的陡坡下來難度甚高以外，開發商很有可能會趁著沒人在家時把房子夷為平地。

她跟我說：「看！有人帶吃的過來給他們。」

我走下車把車門關上，她跟了上來，我們站在路緣，看著一位婦人跟孩子越過滿地瓦礫，手裡拿著一串香蕉、一條餅乾、還有一大罐瓶裝水。整趟路程花了些時間，他們走到房子旁時，我們聽見他們對著窗戶大喊，窗子開了，綁著水桶的繩子被拋了出來。

從我們這頭的高處望過去，女人跟小孩看起來像玩偶一樣渺小，看不太清楚接下來發生了什麼事，但桶子接著便慢吞吞地往上升，走走停停，一雙隱形的手正在拉動它。

「看見沒？裡頭確實有人。」老高的母親說。

有那麼一瞬間，我以為自己看到窗邊一閃而過的臉，但消失的速度太快，來不及確認是不是親眼所見。我所能看到的，只有繩子還有吊著的水桶，搖搖晃晃地。

我們回到車上，外頭的光線已經暗下來了，我們倆只是急著想回家的陌生人。

MACHINE

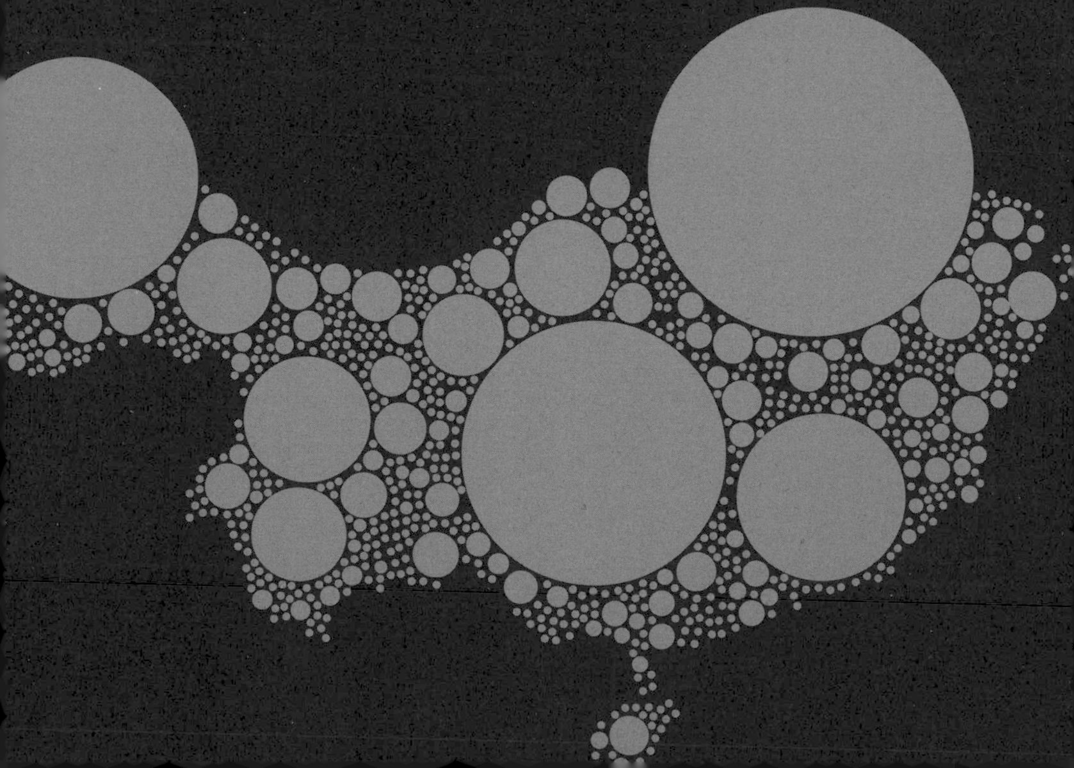

FLYING M

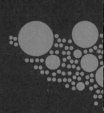

飛行器

人生的時節已經入秋，熟成的玉米也採收過了，雖然不知道怎麼駕駛，但曹操決定自己做一架飛機。

他住的村裡房子是用紅磚跟水泥建造的；他總是笑臉迎人，像是聽了笑話後笑得再也沒停過。他對自己養的雞厚愛有加，喜歡他們小巧的頭、還有緊張兮兮啄來啄去的樣子。他餵牠們的時候，總是會說：「早安啊，傻瓜們。」

他有長短腳的困擾，雖然老婆折了幾塊碎布墊在他的鞋子裡，但因為不舒服，他把它們都拿掉了。大家老是看他搖搖晃晃地在村子裡穿梭，有時抽根菸、有時跟好友老李坐在戶外、或者去村子口的小店，那裡賣洋芋片、瓶裝飲料、還有跟骨牌差不多大的小瓶洗髮乳，他老婆發誓他一天至少會去那裡兩次。

她會這麼說：「太過分啦，我們只是窮農家而已，還記得嗎？」

曹操的確試著約束自己，但他口渴的時候，又不禁覺得買些飲料、香菸給自己的朋友然後坐下來打打牌，真是太享受了。也有些時候，他心裡煩躁，只是牙齒想要咬些什麼，所以在一整天的農忙之後要有些葵瓜子來嚼嚼。

不過別把他當成一般的窮農夫看待，這種判斷錯得離譜。他的臥室裡有一大疊名片，上頭寫著他的真實職業。他在十年前印了這些名片，一疊一百張的數量至今都沒有顯著減少，頭銜是「發明家暨草根工程師」。兩年前他換電話的時候，還費了一番工夫，拿筆一張張訂正。

他其實只是想要入黨而已，已經提交申請十五年了，複本還是用手抄的。「**我是一介平凡的農夫，但我真切感受到中國共產黨是指引我國及其偉大復興的明燈。我誠摯地申請入黨，將竭力克服我個人的缺失與不足，以儘早成為光榮的黨員。**」連同這份文件，他還附上個人履歷，藍色墨水的兩行字，看得出裡頭的小心翼翼——發明家、農夫、男性、六十八歲，家庭背景為：農民。

每次那位穿著黑色風衣，外表獐頭鼠目的村委書記江先生都會溫和但堅定地拒絕他。全國各地正走向發達之路，黨只想要大學生，不想要年邁農夫；黨需要聰明的腦袋、才華、還需要（暗示但沒有明說）財富。大鴨村只有兩名黨員，除了江先生外，還有一位開公司的男士，他那榨玉米油的生意，是村子裡唯一有賺頭的企業。每個月村裡開會的時候，他都會跟村委書記坐在後排一塊談事情，好像男孩堆裡有那麼兩個大人，談著男人才懂的事。

這件事讓人耿耿於懷，但曹操不會自宥於此。他年輕的時候可活過了一場大饑荒，甚至還要啃樹皮！他親眼看到村裡通上電、鋪了路、砌上了水泥，還有摩托車跟電動拖拉機的噪音進駐。村子花了他一輩子的時間進化成如今的模樣，他也要用發明改造自己，他的鄰居們可從沒看過類似的東西。

為此他蒐羅了一大堆旁人眼裡是垃圾的東西：鏽到不能再鏽的炒菜鍋、單車零件、還有壞掉的農具。多年來，村裡人已經養成了有什麼怪東西要丟掉，就先來找曹操的習慣，像是壞掉的椅子、剩下的建材。住在隔壁的兩個小女孩還偷偷地取笑這件事，每當她們找到爸媽要她們趕緊扔掉的東西，像是快用完的肥皂、糖果紙，她們就會咯咯笑著說：「拿給曹操！」

不過曹操總有辦法讓雙方都滿意，在收購的過程中不卑不亢。像糖果紙就可以剪成花飾，貼在他機器人的帽子上。這台機器人沒有過多的配件，也沒有正式的名字，就簡單叫作「**機器人**」。機器人很高，外觀難登大雅之堂，剛開始只是一個插著管子還有電線的盒子。曹操多年的心血藉由敲敲打打的聲音，早就傳遍了整個村子，但完工之日似乎仍遙遙無期。

一段時間過後，村裡人一遇到曹操，總會問起機器人的狀態，就好像誰家的兒子惹上了什麼麻煩。

「今天機器人還好嗎？」他們問起機器人，總帶有一種殷切。

「不怎麼受控。」曹操通常這麼回答，咬牙切齒地講起四濺的火花，還有一彎再彎直到磨損的線路。但有時他也會露出驕傲的笑容，說：「很好！再等一等，很快大鴨村就要迎來為大夥服務的專屬機器人。」

六年之後，機器人終於在酷寒的十二月早晨亮相。全村的人都到場看曹操把機器人從自家院子推出來，機器人的軀幹以鍍銀的大箱子作為主體，身上滿是按鈕，兩條腿用粗水管製成而且焊上了全新的金屬手臂。他的臉也是銀製的，帶著粉紅的嘴唇、黑色的眼睛、還有粉色紙板做的耳朵。機器人的頭上戴了頂白色廚師帽，是用空的麵粉袋縫製而成，反射了黯淡的陽光。一個孩子叫嚷起來：「他手上有刀！」他說的是事實，他的左手以樞軸活動，手上配了一片鈍掉的金屬片，看起來就像把拆信刀。

曹操在機器裡放了一團麵團，然後啟動機器人，拿著刀的手開始上下移動運轉起來，把麵團削成規整的麵條，看起來就像當地常吃的刀削麵，容易做、扎實又有嚼勁。他的妻子安寧站在旁邊，害羞地接下飛出的麵條到碗裡。

削麵機器人！觀眾們從來沒看過這種東西。就連曹操跟安寧的兒子，都從一個小時以外的鎮上回來慶祝，甚至黨書記也前來捧場。有些小朋友走上前來，想要摸一摸機器人，安寧一看他們伸手就迅速把他們擋了下來，說這可不是玩具不能碰的。接著她把麵拿去滾，分裝到一個個碗裡，加上一些醋跟蒜末，還有些許辣椒油提味。她先把麵端給黨書記，曹操整個人緊張了起來等待著他的結論。

書記鄭重地宣告：「有嚼勁，好吃！曹同志！」

這個稱呼已經不太容易聽到了，不像曹操半個世紀前參軍時那樣隨處可聞，他總是喜歡回想往事，想起國家還沒富起來時的時光。坐火車前往集合時，他跟其他穿著迷彩服的人如同征服者受到熱烈的歡迎，美麗的女孩為他們歡呼，拿餅乾還有水果給他們吃。他在中途某一站第一次吃到橘子，那瓣橘子顏色鮮豔，果肉彷彿全是飽滿的汁液只被薄薄的一層皮托著，當果汁在他的嘴裡蔓延開時，他幾乎快要掉下眼淚。那段歲月裡，每個人都是同志，每個人都是英雄。

他本來希望可以加入正規排，但因為短了一隻腿，分派到的單位是後勤補給，採收蔬菜（大部分是馬鈴薯）長達一年多，手部動作熟練卻疼得不行。他被派到快五千公里以外的沙漠營地，沙堆綿延不絕一望無際，那是他印象最深刻的景物：金黃的沙，藍藍的天，起飛升空沒入天際的飛機，還有一望無際等待人們收割的塊莖作物。

「毛主席說要為人民服務。」曹操跟聚集在一起的村民真摯地說：「我希望我透過這台機器人，可以為大家做上好吃的麵條。」

這已約莫是十年前的光景，雖然黨書記讚譽有加，曹操那年的入黨申請還是被拒絕了，讓他非常失望。有一段時間鎮上的餐廳承租了那台機器人，大大的標語寫著「**機器人削麵：便宜、時髦、又美味**」，但裝置的新鮮感退了之後，餐廳落得關門大吉，機器人就被送回曹操家。機器人擺在曹操家的小廚房，占空間又積灰塵，只不過有時鎮上的太太在全家大團圓之前會走上一遭，問他們：「能不能借一下機器人啊？」好像他們是要借切肉的菜刀或是平底鍋一樣。

某天晚上曹操做夢時，飛機來到了他的夢境中。夢裡他正在銀色的新型機械裡飛翔，不像是他在軍旅歲月裡見過那些正在起飛的飛機。他自己孤身一人，膝蓋感覺失去重力，飄飄然中一陣暖流圍繞著他的身體。他可以任意地操縱這台機器，不管是飛越對角還是優雅的弧線都行。飛越村子上空的他巡視著一排排的玉米還有遠方的山丘，當夜晚來臨時，他摟起一片雲在懷中，就像照顧嬰兒一樣輕哄它入睡。

隔天一早，他馬上開始著手打造這架飛機，好像有人已經賜予他明確的指引。接下來的幾個月，曹操的庭院裡再度充滿了敲打的聲響、火花、還有機械運轉的轟隆聲。這將會是一架剛好可以容納兩個人的迷你飛機，但卻是美的結晶，曹操跟老婆安寧可以一起搭乘。他年紀越大，人也變得愈加感性，示愛的言詞也越來越誇張。「好美的眼睛啊。」他在吃早餐時，會看著她這麼說。

她則嗤之以鼻地回應：「我們剛結婚時，哪來這些肉麻話。」簡直恍如隔世，那已經是上個世代的事情了。他們結婚時，她拿了六隻雞跟三袋上海碾的米當嫁妝給他的父母。村裡當時還很窮，幾乎完全靠馬鈴薯填飽肚子，不管是哪種米（當然尤其是白米）都是奢侈品。安寧對那段時期最深刻的印象，便是站在村裡的公廁外面，等剛上完廁所的男人拿鏟子跟鐵桶挖空排泄物。記得每天早上，每戶人家的田地都會分到一份水肥，小孩都很討厭這份髒活。夏天時，惡臭的氣息像是一朵烏雲冉冉飄起，而冬日時則聽得到凍糞堆被鐵鍬慢慢敲開的聲響。

他是這麼說的：「你是我一生的摯愛，一直以來都是。」

她則掩飾著竊喜回答他：「我們又不是小孩子了，去搞你的飛機吧。」

鄰居們紛紛找藉口上門拜訪，好一窺這台奇妙機器的容貌，像是一台金屬鳳凰，曹操用多年以來收集到的零件讓它展翅高飛，老機器人的部件也在此獲得新生，因為曹操已經把它拆解來製作飛機了。各種報導傳言流傳了開來，焊接上去的鐵材變成了新機器的翅膀，不過材質也有可能是鋼。這台機器甚至還有一個圓圓的鼻子，就跟蛋的尖端一樣！

曹操拜訪了離他們最近的城鎮，給店家們提了好多難解的需求，然後帶著新的馬達、電線、還有板材回來，甚至還準備了紅色的塑膠墊，要當成駕駛座的座椅。很快他就花光了自己跟安寧的所有積蓄，付了好幾千元出去，安寧怕了，但曹操努力地安慰她。他說，當飛機完成時，推出販售一定會賺錢的：「鎮上有很多有錢人會想買這種東西。只要有一台自己的飛機，想去哪就去哪，該有多方便。」

她問：「你怎麼知道有錢人喜歡什麼？」

儘管如此，曹操沒有退縮。黨需要傑出的人、需要有名望的人，只要他能做出一架自己的飛機，江書記是沒有理由拒絕他的。如果曹操是黨員的話，村裡的人都會對他另眼看待，他不用再當一個愚魯的老男人，兒子從來不回家幫忙收成，家裡的玉米田看起來總是比別人破敗。他會變成全新的曹操，一個對村里有貢獻的人，替國家的偉大復興出力，博得大家的敬重。

四月到了，村民們在某個星期會去山裡摘杏桃。這是場不明說的年度競賽，住在這裡的每一個人都注意著果實熟成的時間點。山裡的土地是無主地，每個人都能去摘果實，但如果有人在旁看到你的話，你就要遵守一條不成文的規定，不能拿走超過自己所需的杏桃。因此，每天清晨是最佳的採收時分，如果你比別人先到，樹上的果實都還原封不動，可以盡情採摘。

杏樹在夏天之前開花，黨委員會便是此時從農村裡接受黨員推薦，好多年來，曹操都會起個大早，爬上山去巡查開得奔放的白色果樹，還有它們結果的狀況。當果樹已經結滿果實，看得出來已經可以採收，他就會帶一整袋的戰利品去找黨書記，只留下一把捧在手裡黏呼呼的果實給自己跟安寧。多年來，這筆簡單的交易已經在他們的眼中有著不可抹滅的重要性，但雙方都心照不宣。

「我這次應該還是沒辦法入黨。」他一邊跟太太這麼說，一邊翻找著外皮水潤的果實堆，要挑出最圓、最軟的那些，把已經沾滿灰塵斑點的留下來。

「出於禮貌還是要送。」她也同意。

村裡也有人不喜歡獐頭鼠目的書記。他從沒有清理過自家那段水溝，把責任都賴給鄰居，時不時晃來晃去，好像是想確定街坊沒有因為他家臭氣沖天的廢水退避三舍。也有傳言耳語說村子有分配到玉米肥料的補貼，但全被黨書記中飽私囊。可是曹操是充耳不聞這些閒話的那一派，因為黨對國家的進步還有繁榮負責，是個人都看得出來。

那年杏桃開始結果的那個星期，曹操起床時全身僵硬，腿痛得不行，每當新的季節到來，疼痛便更加惡化。週三時他在冰冷的房間裡躺了一會，安寧在他身邊緩慢地呼吸，最後他逼著自己挺起身子，往山裡的方向前進。天還沒亮，他越爬、腿越顫抖，停在湛藍的黑暗中，靠著一顆大石頭休息，心撲通撲通跳，覺得心神不寧。最後他終於一路向上來到白色的樹林中，但抵達時他發現其他人已經捷足先登，結果的樹枝早就幾乎光禿禿一片。

當天稍晚，他疲倦地敲起黨書記的門，這棟房子是村子裡唯一貼了磁磚的建物，大部分都是白色的磁磚，雖然門口鋪的磁磚畫上了紅色、綠色、青色花朵和龍。黨書記開門時，曹操發現他穿了新的皮夾克，料子很好質地細緻，就像女人的肌膚，曹操真渴望能摸摸看。

江書記問起安寧還有他的孩子，然後曹操拿出半滿的袋子，說：「並沒有很多顆。」

「不行，我不能收。」面目如鼠的書記一邊這麼說，曹操卻注意到他的手早就伸出來，準備收下了。他又問：「飛機的計畫進行得如何？」

曹操愉快地笑了笑，備感鼓勵的他向書記保證：「很快就會準備好，你會是第一位看到飛機起飛的觀眾。」

冬季來臨，曹操穿著厚重的外套還有帶耳罩的毛帽工作，臉幾乎看不見。夏天時他穿著汗衫背心以及短褲，露出充滿皺紋又瘦弱的大腿。有天早晨他不慎把電池液濺到臉跟脖子上，需要到鎮上醫院住院觀察一陣子。他兒子已經結婚有小孩了，特地來探望他，帶了蘋果還有一本航空工程專書的油印彩圖給他。但他沒有待多久就離開了，也沒有幫自己的父親削蘋果。

安寧手上的蘋果皮掉到地上，不禁感傷了起來：「真該生個女兒的。一個老的時候可以依靠的女兒。」這麼多年以來，村子裡的年輕人已經走光，沒有人想種田。他們週末從城市回來的時候，身邊環繞的是尖銳的手機鈴聲，頭上綁得是不對稱的辮子，腳上綁著純白的鞋帶，總是待不上多久便離開。

他們出院回家之後，壞天氣持續好幾天雨滴答滴答地下，接著雨勢越來越大，鋪天蓋地連個縫隙都沒有，屋頂承受不住開始滲漏。晚上風吹得很響，好像一群鬼魂咆哮著想要破門而入。但天空很快就回復澄澈，曹操接下來都在一片透亮的藍色帷幕下工作。

有的時候他會對自己輕輕地唱首歌，多年前黨書記的父親去世時，整個村子都受邀參加葬禮。那一天村子的主街道上，六輛亮黑色的車子排成一列，上頭掛了紙蓮花，裡頭擠滿了五個不同村子的人，專程從山上下來悼念。香菸盒子傳來傳去，逝者的照片很大一張擺在相框裡，由黨書記還有家人捧著，真是一場孝順的大秀。

葬禮後緊接著晚餐跟幾場談話，接著有位女子走上台，觀眾全都安靜下來。免費的大餐當然可以集聚村子裡的所有人，但想讓追悼的人們興起慎終追遠的情思，總要來點晚間娛樂。

外頭很熱，但這位女子穿著高領的紅色毛衣，下身則是一襲紅裙擺邊鑲上了羽毛，裙身反射了晦暗的燈光，一閃一閃，腳下踩著厚底鞋。有人轉開了收音機，快節奏的音樂響起，背景的響亮拍子不斷循環，是一首情歌。她開始跳起舞來，雙膝前後舞動，好似跑起的達達馬蹄。「**可不可以／可不可以／你可不可以看見／我正在飛入你的心**」接著節奏變換，緩了下來，她的舞步也現倦意，就像懶洋洋的貓。她噘起嘴來，擺動起一邊肩膀，用骨盆當作支點，前後晃起她的身軀。然後她脫下了毛衣，將它往觀眾席一丟，一副她再也忍受不了毛衣的樣子。毛衣底下的那一層上衣還是紅色的，閃閃發光而且是無袖剪裁。沒過多久，她把裙子也脫了，扔在地上的衣服亂成一團，雜亂的紅色羽毛堆在一起，像是隻為愛神傷的熱帶鳥。

觀眾起鬨起來，連連鼓掌。她弓起背，手對著空氣揮動，前後甩動她的頭髮，好像要用烏黑濃密的髮辮給觀眾搧風一樣。她開始把紅色的上衣往上扯，從手臂上褪下，高舉在頭頂，然後一齊飛入黑暗裡，她身上只穿著紅色的胸罩與內褲，內褲的顏色卻是灰的，有卡通圖案在上面。

她又跳了一首曲子，這次是高亢的共產主義宣傳歌，她的舞步也變得一板一眼，帶了點行軍的感覺。她往左轉，朝著幻想出來的來福槍盯著，然後往右邊再重複了同一個動作：「江排長，我敬你！」她大喊著，整群人也向她高呼起同樣的口號。她開始繞圈踢正步，時間足夠讓男性觀眾察覺她的大腿跟屁股有多麼纖細，而眼睛帶著專業的厭倦感。

曹操就聽過那首歌這麼一次而已，但他有時候開心時便會哼起它。現在他又哼著這首曲子，繼續製造他的飛機：「**可不可以／可不可以／你可不可以看見／我正在飛入你的心**」。他想像著自己的飛機公開亮相那天，村民會有的欽佩眼神及話語。他彷彿能看見飛機一飛衝天的樣子，就像他從前在軍事基地看到起飛的軍機，然後開始細細推敲地面消失的樣子該是如何，因為他會是駕駛飛機的那個人。這台飛機，會讓大鴨村的名字在地圖上被特地標示出來，它會成為全村的驕傲。

經過數個月的辛勤工作，飛機終於佇立在他們家的庭院裡，乾淨俐落又端正平穩，機翼張開舒展，好像某種奇異的昆蟲方才落定，還沒決定好是否停留。翅膀是銀色的，身體則是金屬製成，漆成白色，有個俏皮的紅鼻子。他跟安寧站在一旁，對著茶杯吹氣，水霧冉冉飄起，終於大功告成。

消息很快就傳開了，下午他們家的庭院已經擠滿十幾個圍觀的群眾，瀰漫一股快活的氣氛。曹操讓他們爬上駕駛艙，一個接一個欣賞他裝上的操縱桿，還有他精心焊在儀表板上的羅盤。

黨書記也來了，他才剛從一小時航程以外的山莊渡假村回來，享受豪奢的派對放鬆行程。他向曹操傳授了旅程中學到的獨門知識，說得頭頭是道：「飛機起飛時，你的耳朵會感覺脹脹的，甚至有啵啵聲，但這很正常，不要緊張。」他一邊說一邊輕輕拍著飛機，好像是自己做出來的一樣，「然後記得安全帶隨時要繫好，這沒什麼好說的。」

隔壁家的女孩也來了，轉眼長了好幾歲，已經十四歲了。她們在鎮上上學，但還是有個老習慣沒有變，跟以前一樣老是一唱一和，她們一起問：「我們可以看你飛起來的樣子嗎？」

曹操躊躇了一會，他的兒子還有孫子都不在現場，他們應該在場共襄盛舉，而且他還需要裝一條安全帶，所以他說：「下週末吧，去告訴大家。」

隔週末的天空陰沉沉的，染上一抹珍珠似的淺灰色。出動了三位年輕壯漢才把飛機從庭院搬出來，他們認真工作，一臉嚴肅，斜著讓飛機穿過兩扇門。

從那裡開始推，他們把飛機帶到村子邊的大馬路上，大夥興奮地前仆後繼，曹操的電話響個不停。一開始是他媳婦，說有一位攝影師跟記者從鎮上過來，她已經叫他們來試飛的地點了。再來是安寧，說她也在路上，還問他想不想要戴他的綠色帽子，畢竟飛上天後可能會很冷。她已經帶了一條圍巾來，還會再帶上一個保溫瓶。

她到達路口的時候幾乎看不到飛機，太多村民圍在這了，連平常到鎮上上班或是休閒的年輕人都回來了。曹操在村裡號召力可不同凡響，很多人在他發明削麵機器人時還只是一個孩子。

座艙比他設計構想的窄，所以他跟安寧爬上去的時候，兩個人擠得很不舒服，畢竟兩人隨著年紀增長都胖了不少。不過他們一坐下，觀眾的歡呼聲便此起彼落。安寧脖子上的手織圍巾是紅色的，跟機鼻顏色很搭，她的雙眼並存著一絲害怕與讚歎，粉紅色的保溫瓶裝著菊花茶，用雙腿夾著。

他兒子正對著人群大喊，要大家讓開。他的孫子躺在媳婦的臂彎裡，往天上眨眼，沒有在關心這場盛會。所有旁觀的人都在加油鼓譟。

兒子大叫：「小心點！別飛太高啦！」他們討論過這件事，簡單升空然後著地就好，他們不清楚油會消耗得多快。

在滿滿的儀式感下，曹操謹慎地繫上了安全帶，繞過自己和妻子的大腿扣好。他對著站在人群邊緣的黨書記笑了笑，突然心中湧起一陣自豪，這個大人物就在這裡。然後他踩下了油門，飛機向前衝出。加速前進，然後離地飛行——他感覺很接近了——可是終究沒有發生，他們仍在地面上顛顛簸簸，沒有離開地表。過了另一個漫長的一分鐘後，他們來到了路的盡頭，前面已經是紅磚瓦蓋成的民宅，旁邊噴漆寫著幾個大字「勿亂丟垃圾」。為了避免撞擊發生，曹操慌亂地踩緊煞車，黨書記的家就在右手邊，是村裡最大的房子。

人群湧向他們，詢問哪裡出了差錯，攝影師快門連按。他的心口一緊，想試著忽略自己的焦慮，但眼角餘光已經發覺黨書記皺緊的眉頭。他說：「不用擔心，畢竟這架飛機已經有了翅膀，從頭來過吧，我們會再試一試。」

他們費了好大的勁才從飛機上下來，安寧甩了甩自己的雙腿，早就麻了。然後一起把飛機掉頭過來。他們旁邊的小狗抬起腿在人行道上撒尿，媳婦抱著孩子晃來晃去，指著天空逗著寶寶玩。

飛機轉向過後，他跟安寧坐了回去，這次他沒辦法直視她，只問了一句：

「你還行嗎？」

她小聲地說：「我的保溫瓶留在地面上啦。」他轉頭過去一看，剛好可以看見一個粉紅色圓柱體落在人行道上，裡面還有泡得皺巴巴的菊花飄來飄去。

他信心滿滿地說：「沒事，我們等一下再去拿。」他咬緊牙關，調整機翼，然後再度踩下油門。飛機往前衝，加速起來，還發出了低吼的噪音，往前推進時轟隆隆地沒有止歇。飛機還是一樣頑固地待在地面上，他們漫遊過了賣飲料跟洗髮精的小店，又經過了公廁以及種滿一排排玉米的田野，外皮已經乾透了，黃澄澄的作物又高又挺。當曹操猛然在村子另一頭將飛機停下的那刻，兩個人呆坐著，安寧的臉頰紅了起來，可能是羞愧吧，他也說不上來。

「或許太重了。」曹操先開了口。

「我該下來嗎？」

「我覺得那是最好的解決方法。」後面的人群跟了上來，安寧有些猶豫，正要爬下飛機，壯丁們湊了上來，要把飛機再轉向。「飛機太重了，離遠一點！」他們對著人群大喊。

人群在曹操的視線裡只是模模糊糊的一團，但如果仔細看，他可以看到孩子們、黨書記凝重的表情，還有自己朋友老李一臉擔心的模樣。面對逐漸高漲的絕望感，曹操按下了控制按鈕，小小的飛行器再一次往前衝，磨得人行道嘶嘶響，但飛機再度橫越了整座村子，跨過了畦野、洗手間、商店，就是抗拒飛上天空。

他可以聽到自己身後人群的腳步聲，大家撲撲跑著，想趕上機身的速度。他聽見有人大叫：「什麼問題啊？」還有人說：「飛不起來的！」

記者是位年輕女性，掛著綠色的眼鏡，拿了枝筆湊了上來，說：「老曹，你有預料到今天的情況嗎？飛機之前有成功起飛過嗎？你花了多少錢在這架飛機上？」

與記者隨行的攝影師趕了上來，站在飛機正前方，不斷按著快門，他呆坐著眼睛直視前方的相機鏡頭，這總比看著身邊的群眾感覺輕鬆。他感受到自己心中有片悲哀的荒原正在開展，好似築起了數以十計的窄小陋室，流民們在此建起居處，拿著微小的烈酒瓶敲擊著他的胸臆，彷彿上百隻腳踏擊著他的五臟六腑。他曾經有過這種感覺，當時他還只是個青少年，父親卻撒手人寰。父親選擇自殺的那年收成很糟，他的墳墓只留有一個小丘以憑辨識。他失敗了啊，他失敗了，他必須再試一次。

曹操從駕駛座爬出來，沮喪及失落像是髒兮兮的雨水，黏在他的身上。他說：「朋友們，看起來有些我沒有預料到的狀況。如果造成各位的不便，我非常抱歉。我知道有些人從很遠的地方特地趕來。」

靜默良久，老李擔憂地看著他，一邊掃視人群的反應。黨書記正在看著他的手錶，老李於是倉促出聲：「大家怎麼一臉喪氣的樣子？這台飛機或許當不了飛鳥，但可絕對是驚人的野獸！」

人群裡有人大喊：「老李，講清楚啥意思！」

「說什麼東西呀？」

他倒抽了口氣：「這是台車呀，曹操發明了一台車！」

人們轉頭望向這台小巧的新玩意，機翼張開、機身圓潤無暇，比起蝴蝶，應該更像蜜蜂些。這不是一架很棒的飛機，但有可能是輛很棒的車。

有位回家看秀的年輕人說：「好呀，那我能試乘看看嗎？」

這位女孩有一頭挑染紫色的頭髮，在鎮上的咖啡廳工作。她穿著白色的高跟鞋，還有閃亮的銀色外套。曹操想起來她小時候胖嘟嘟的，很喜歡跟村裡的狗玩，五歲之前甚至還一度搞不清楚自己是女孩還是小狗，有人跟她說話時就汪汪叫。他嚥下了自己的感激之情說：「沒問題，來吧，我帶你上來。」

她爬了上來，曹操替她綁好安全帶，兩人又在大街上向前衝了出去，她的紫色頭髮如同火焰在風裡飄揚。他們滑過路上的商店、洗手間、還有玉米田時，她說：「太棒了，其實，這感覺比飛行還好，我曾經坐過飛機。」

「真的嗎？」

「感覺就像一直坐在一個房間裡，你其實感受不到什麼，跟你想像的應該不太一樣。」她說。

「可是黨書記說感覺很棒呀。」他回。

她說：「黨書記不過就是個白痴。」

當他們靠邊停下來的時候，她優雅地踩著白色高跟鞋走下飛機，說：「謝謝你，曹操。」然後頭也不回地走了，曹操直盯著她的背影看。

那天晚上，他跟安寧躺在床上，身上蓋著羽絨被。剛買的時候被子還潔淨純白，邊上綴了粉紅色的花朵，但現在已經變得舊舊的，有著髒兮兮的歲月痕跡。月光從窗台灑入，照亮了地板，躺在身邊的安寧鼾聲響遍了整個房間。曹操翻過了身，想要看清她的輪廓，黑暗中比較容易假裝兩個人還沒有老，好像回到兩人世界，當時他們才二十歲，膝下無子。生活還沒有在他們的身體上留下痕跡，他們就像嬰孩一樣躺著，純潔又未經世事。

他思考了紫色頭髮女孩對黨書記的看法，嘴角不禁抽動了起來。隔天他想要來改造一下油門，還要檢查一下引擎，他認為自己有辦法讓這台機器飛向青天。但下一次，他不會邀請任何觀眾。

他閉上眼睛，但睡意全消。他仰躺著，細細地想像自己走過儲藏室的樣子，那裡收藏了好幾年份村裡丟掉的垃圾。他看見了用塑膠條編成的袋子，鬧饑荒特別凶的那年，他們靠袋子裡裝的穀物活了下來。他還看到破掉的腳踏車輪胎，是對剛結婚的新人丟的，訂婚時的禮物因為磨損所以被拋棄。他可以看到多餘的水管，是村裡剛有蓄水槽時用剩的，還有一袋鄰居給他的破爛，裡面是撕碎的舊衣服，是他家的小女兒們長大之後穿不下的。

他看見了所有物品，然後在腦海裡重組一切。可以用腳踏車輪胎、水管、還有放在角落的油桶加工，組出一台洗衣機。還有一隻機器狗。還有一組泡泡墊，可以用來做在水上行走的鞋子。還有垃圾壓縮機，把所有東西都壓碎，擠壓成一個個小方塊。他可以把它們一個個小心排好，直到組成一座危險的高塔，用來爬上天空。

STREET

OU LIVE

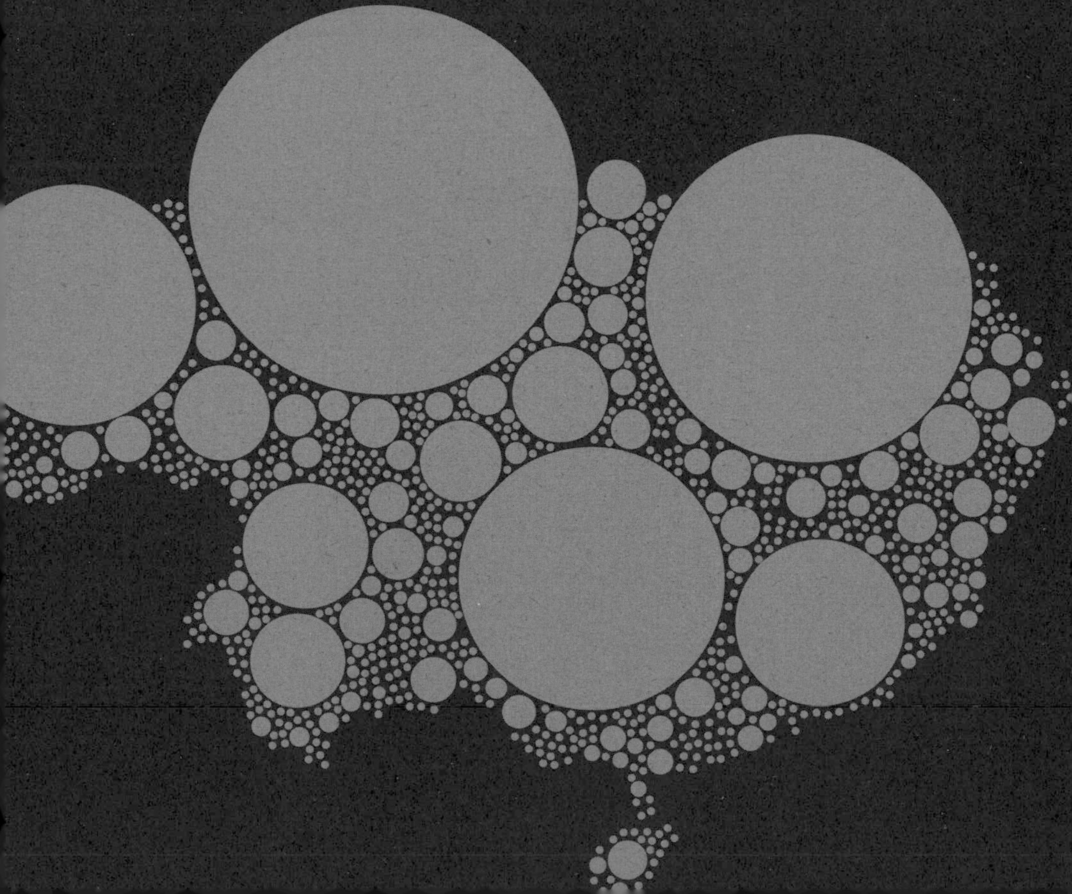

ON THE
WHERE

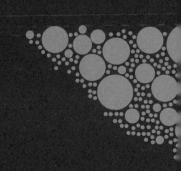

你住的那條街上

我看見他的時候，拉著餐車的男人手上拿著托盤，上頭有奶油炒菠菜、稀爛的馬鈴薯泥，還有一團肉像是一塊厚橡皮。我順勢坐挺起來，把連身服的正面拉平，露出微笑。「**我是貴國的觀察員，非常景仰貴國。**」我這麼想著，篤定他會在星期日這天注意到我。「哈囉。」我說，一邊揮起了手。

我擺出隨時準備好要講話的架式，但他只把餐盤從取餐口放進來，然後就繼續推著餐車往前走。

他沒有唱歌，也沒有人在唱歌。這裡惡臭無比、潮濕又陰暗，昨天我看到老鼠，貨真價實的老鼠，從門廊一溜煙跑走。如果這是一部電影的情節，老鼠的毛色將會雪白無比，十多隻老鼠會變成馬匹，全部都踢著腳嘶鳴，準備好要大顯身手，把南瓜變成的馬車拖走。如果這是音樂劇的話，我會帶領我們這排的人穿著踢躂舞鞋來些狐步舞，接著九十度的優雅鞠躬，然後揮揮手。

然而，我這條走道唯一看得到的人只有布魯斯，他大概比我重三十五公斤，大部分的時間都盯著對面牢房的牆壁看。他犯的罪殘暴卑劣，可沒興趣來支舞。

然後我就分心了，弄丟了思緒的線頭。我一直很喜歡線頭穿針這個比喻，讓人可以立即聯想到畫面。我想像自己在飯廳的地上爬行（雖然這一側並沒有規劃這樣的空間），找尋著不易察覺又窄小的出口，一邊向人不斷道歉，好察看鞋子後面的空間。「抱歉，抱歉，不好意思，謝謝，抱歉。」我不禁思考：「**我在您的國家待了這麼久，隨隨便便就發自內心湧起道歉還有感激之情。**」

謝謝您，送餐的先生，感謝你的菠菜、稀爛的馬鈴薯，還有這塊咬不動的橡皮。

我一直希望我可以幫得上警察的忙，我已經習慣了每次確定遷居到一個新國家後，便會研讀當地法律。我是個受過扎實教育的人，有兩個學位，其中一個不中用，因為我根本不是個合格的會計師；而另外一個設計學位，則讓我獲益良多。二十九歲時，我已經在五個國家定居過了：其中兩個國家，是我在歐洲就讀寄宿學校時定期往返的住處，還有三個是在鴻禧集團時定居過的國家。這個名字現在聽來一定很熟悉，或許你家的有線電視是他們提供的服務，或者住家附近的購物商場由他們經營。我剛加入他們的時候，公司的口號「**我們帶給你世界**」聽起來像是滑稽的誇大之詞，而在我寫作的當下，卻已經變得相當精準。

和你說說我是怎麼認識佩里的。那天我忙翻了，下班之後回家，發現他在門廊等我。其實不是在等我，而是在等莉絲蒂、我親愛的莉絲蒂。他們兩個以前曾經交往過，他回去她之前住的地方，懸著一顆渴望的心，痴求能見她一面。我和他說，我覺得他應該先檢查好地址，然後敲一敲他眼前的門。這個國家有時候也挺危險的，他身上搞不好還攜帶著武器。一個男人帶著武器的時候，如果覺得你把他心愛的人藏在自己家裡，是非常危險的。

他對著門裡邊大吼說：「藍色的眼睛，五呎七吋，她平常戴眼鏡，一頭金棕交雜的頭髮。」

這樣說她，真是一點都不尊重，我暗自這麼想。**鬼吼鬼叫的，還有**「金棕交雜」**，真是很會用字遣詞！我覺得他肯定不會用這種字眼形容他自己的媽媽。**我轉了轉百葉窗的握把，把窗戶緊閉。**有種再來，**我不屑地想，**最好是永遠別來了。**

這間公寓老實說真的不怎樣，我在巴塞隆納的時候，住在十八樓的公寓裡，客廳鋪了黑白相間的磁磚，屋頂窗用潔白的織品覆蓋著。樓下有家烘焙坊，賣的可頌又熱又軟，口感層次豐富，掰開來看就知道，像是海洋生物輕輕吐氣時的下腹部。樓上住的一對男女，有時會來場火熱到天花板為之一震的交流，常讓我臉紅起來。在北京的時候，我們的公寓正對著一片灰撲撲的城市風景，樓層高達二十七樓，位處於一棟名叫「和諧莊園」的水泥摩天高樓，大廳裡擺著假花，白色的梁柱從大門一進來便高高聳立，有些莫名其妙。

莉絲蒂住的那條街離大西洋城賭場酒店只有五公里遠，房子建得很矮，帶著鹽的潮濕海風總吹得頭髮跟臉都黏黏的，不管你是待在露臺、車道、還是散亂的草坪都一樣。總體沒有什麼特別的，但出門到遠一點的地方，城市便整整齊齊地出現在眼前，對我來說再合適不過了。每週末在那邊都像在欣賞一場秀，踢腿的舞步還有婉轉的歌聲，充滿歡欣的聲響。昂首闊步、再擺姿勢、「**啦——他——他——！**」。在美國，莉絲蒂住的這種地方就像後台，雖然市中心是演出的場域，但我也喜歡了解後台發生的事情。

佩里隔天下午又來了一次，他坐在前門的台階上，吃著白色油紙包著的三明治，我下班時剛好碰到他。

「不好意思。」他說，但我聽不出來聲音裡有抱歉的意思，反而有種命令人的感覺：「我真的需要找到這個女生，你在這裡住多久了？」

我在離他幾步的距離停了下來，看了看我們四周。五點鐘，陽光已經是接近黃昏的亮度，街角冰淇淋小販的鈴聲響起，卡索小姐住在對面白色的房子，要去開車的時候望著我們瞧。

「不久。」我語帶保留。

「她叫做莉絲蒂。」他說，好像是我在問她的事情一樣。「她以前住這邊。」

「這樣啊。」今天在公園看急流泛舟，天氣很熱。這是最近流行起來的新活動，而我累壞了。

「我愛她。」他說。

「你愛她的話，不是應該有她的電話號碼嗎？」

「那可未必。」他說著說著，就剝了一小塊三明治要給我。「總之，她都沒出現。」

「那是你的問題啊。」我說，然後越過他，把門關上。我一直都很喜歡這句話，邏輯乾脆俐落。

之後的下午佩里總是會出現，坐在我家門廊上，好像真心不知道何去何從一樣，有的時候還會按我家門鈴。他通常會帶一些外帶食物來吃，常常買煙燻牛肉三明治，偶爾會買橙汁雞飯。這男的沒在室內吃過飯嗎？還是他本來就總是吃個不停？看起來不像，他有一頭紅髮，還有蜘蛛網般的雀斑，又高又瘦，非常非常瘦的那種。他還有個超級朝天鼻，好像女生的短裙在跳梅倫格舞時飛起來一樣張揚。

頑固極了，他真是個驕縱的笨蛋！

我敢說佩里絕對不敢玩我設計的遊樂設施，他大概只敢挑戰有點年紀的雲霄飛車、或是待在販賣部，而他失蹤的摯愛莉絲蒂會在他身旁溫柔地送上爆米花。他看起來壓根沒辦法吞忍生活的不體面，不管是關起門來的祕密，還是在產道內來場令人暈眩又不適的搭乘體驗。

我指的東西當然是「愛的隧道」。我入職的時候，鴻禧剛開始收購世界各地的電影片商以及購物中心。鴻禧的大老闆康峻是個油嘴滑舌又其貌不揚的男人，看起來像是躺平的蟾蜍，但他握手時卻出奇有力。他曾經參軍，在那裡結識我的父親，這就是我得到這份工作的原因。我想他本來以為我只是個花瓶，就跟其他留學生一樣，但我讓他驚豔不已，這並非無的放矢，卻仍讓我感受到一股虛榮。

彼時鴻禧剛開張的主題公園位於北京外圍，愛的隧道有一段時間是那裡的招牌。雖然現在已經有很多樂園有樣學樣，但你必須知道，當時這樣的遊樂設施可是一大創舉。搭乘的遊客被塑膠罩包覆著，雙眼戴上眼罩，躺在輪床座位上，牢牢地綁著安全帶。接著他們將會穿過機器裡一條蜿蜒迂迴且悶熱的通道，空間越來越窄小，感受也越來越痛苦不適，在這樣的情況下掙扎抵達另一頭的終點。旅客在一個逐漸縮小的空間中震動與拉扯，途中身體還會有一部分浸泡在悶熱粘稠的液體中，是我們以氮化物製成的。整趟搭乘需要六分鐘，我們廣告的口號是「重現生命的原始創傷」。還寫著「誕生，讓我們重生」。我們後來在海外經營遊樂園，搭乘終點的告示牌用英文寫著「歡迎來到世界」，迎接旅客的到來；在馬德里時，則換成西班牙文"Bienvenidos al mundo!"。

有人覺得這個設施粗糙或是沒品味，但你看到某些遊客體驗完下車的反應，會覺得相當驚訝。有人直接哭了出來，還有人踏出設施時，讚嘆不已地眨著眼，好像他們有了新的勇氣，能夠繼續活下去。能夠憶起我們抵達世界的方式，不就是一大創舉嗎？這就是每個人或多或少暗自渴望的事物吧？

有天早上上班之前，佩里在咖啡店找到我，他偷偷溜了進來，然後馬上坐到了我的桌邊。

他跟我說：「對不起，一直來打擾你。」臉色漲紅，還帶著早上起床的枕頭壓痕。**真是個沒有吸引力的男人**，我心想。「我真的需要找她，但我不知道還有什麼地方可以去，她沒有留搬家後的地址嗎？你有沒有收過她的來信？」

我看著他，細細端詳，他穿著綠色的毛衣，實在不像是神經病，只是很沮喪而已。他看起來也沒有要放我一馬的意思。

我問他：「你怎麼認識她的？」有那麼一瞬間，我閉上雙眼，腦海中浮現她的畫面。莉絲蒂的手很平凡，我記得很清楚：有些豐腴、有些肉感、好像麵團沒有擀好的糖霜餅乾；頭髮很美，好像水一般柔順。她的身體沒什麼特別之處，有點矮。大大的藍眼睛，但不過是一般明星的別緻而已。

「我跟你說了，我們交往過。」他說：「在我去阿布達比之前。」他的腿顫抖了起來，看起來很焦慮，像是被欺負的樣子。他從我的盤子拿了片餅乾，問都沒問就啃了起來，然後突然發覺自己的失態，唐突地把它放下。

「然後呢？」

「沒什麼。」他沒好氣地說，好像我做了什麼逾矩的事一樣。「我們吵了一架，不再往來。但我回來之後，覺得或許有辦法讓她回心轉意。」

「你上次看到她是什麼時候？」

他說：「四年前了，是不是比想像得久？」他頓了頓，又看了我的餅乾一眼：「你還要吃嗎？」我默默地把盤子推給他。

我說：「莉絲蒂不住這裡了。」

他說：「我知道，我只是想搞清楚，你有沒有她的信或什麼線索？有沒有什麼東西有可能寫到她的地址，或什麼人有可能認識她？」

最後我算是答應了他的請求：「好，明天晚上過來一趟，我看一下。」

我媽跟我說過，所有事情都是精進自我的絕佳機會，在監獄裡我充分認知到這點，我可是個勤奮的好學生。每天早上，我把毛毯折成扎實、甚至方方正正的形狀，然後刷洗我的水槽，直到它一塵不染為止。我會做伏地挺身，然後在牢房裡繞一繞，輕輕地喊著：「嘿吼、嘿吼！」但是我會控制音量，這樣其他獄友才不會反感。一個人的修養，端看他如何應對逆境，我告訴自己，我有著勻稱的體態、良好的教養、一絲不苟的衛生習慣，我是位好客人、好夥伴。

今天其中一位守衛帶了一名新囚犯進來，手上還上著手銬，最好別好奇他犯的罪刑。他的體型寬大，手臂上紋著一條條凌亂的刺青線條，脖子上則有一道道粗粗的鋸齒狀黑線，好像他整個身體是縫起來似的。真是醜陋，我連看著都受不了，這真是個醜陋的地方。

下午時我會靜靜地坐著，想著莉絲蒂。我知道一個科學說法，如果你沒有在腦海中定時溫習回憶的話，他們終會消失。所以我坐定，花上一個小時的時間梳理這些點點滴滴。這件事可以幫忙打發掉很多時間，每隔幾分鐘，我就換個姿勢，避免四肢陷入夢鄉。

我們在我來到這座城市的第二年相遇，她在一家診所擔任櫃台，不怎麼精明能幹。她也學中文，但並不是很擅長這門語言，某次她在我同事舉辦的聚餐上露面，她那喋喋不休的破中文把我們都逗樂了。我們大家都說英文，也都在國外念過書，知道她想表達的異文化概念。那天晚上，我猜我幾乎都目不轉睛地看著她。我並沒有覺得她非常好看，她也不是大眾定義的美女，但我覺得她看起來很善良，真的找不到別的字眼來形容了。她常常笑，什麼都會讓她笑得很開心，我們真正成為朋友後，我才發覺她的心情常常很糟。美國就是如此，我必須這麼說，看起來無憂無慮，直到你有更深的體會為止。

接下來幾個月，我跟莉絲蒂常常在她家度過漫長的下午時光。有時候我們會看些老電影，或者是我教她語言；有時候我們在不同的沙發上閱讀，我用眼角餘光瞄著她，就像還年輕的老夫老妻一樣。她家亂得很特別，有個房間收藏了一大堆從架子上掉下來的動物玩偶：穿著絲質裙子的白熊、四肢軟趴趴垂著的青蛙，簡直就是棉花團跟五顏六色毛皮構成的布偶動物園。她會混著氣音給它們點名，好像怕吵醒這些娃娃一樣，還會順道簡單介紹它們的來歷：這一隻是繼父送給她的生日禮物、那一隻是他們家去度假時，她在遊樂機台上贏來的。

「別笑我啊。」她說。我想都沒想過。

我遇見莉絲蒂之前，覺得美國跟想像的完全不一樣，我想這很正常。這裡的每個人都很友善，卻讓人感到困惑，好像大家都有若隱若現的邊界，我根本不知道該怎麼跨過去。但莉絲蒂不一樣，她需要我，想要我。

每次人生面臨逆風，她總是抱怨身上的怪毛病發作。我們認識後的幾個月，她約會了一段時間的對象斷了聯繫，她側身因此莫名其妙痛了好幾個星期。她必須請病假，寸步不離沙發床，也代表我有機可趁，藉機來照顧她。我的確常滿懷熱情來看她，有兩次我還陪她到急診室，因為症狀變得很嚴重。雖然我那時就已經懷疑其實她根本沒有怎樣，但她的雙眼因為疼痛而緊閉著，還抓著我的手。我可以就這樣陪她坐上幾個小時，感受她依偎著我，頭髮輕掩著額頭，像是個發高燒的孩子。

我翹班了，但我一點也不在乎。「愛的隧道」一炮而紅之後，鴻禧希望我設計更多遊樂設施。他們派我去歐洲、澳洲，我有好多點子，好多其他的點子，但他們只想要飛行瓢蟲、旋轉咖啡杯之類的東西。我真的是意興闌珊！我跟他們說，時下的遊樂園不應該讓旅客呆掛在機械手臂上。全新的虛擬實境技術可以讓我們變出不一樣的空間環境，像是華麗的雞尾酒派對、子彈嗖嗖響的戰場、甚至是（最讚的！）新婚洞房。現在的人想要更多，想要感受歸屬感、想要深刻品味生活。

我沒能打動他們，六年後他們把我調到大西洋城這邊的後勤辦公室，給我安了一個新頭銜：品管師，我的工作變成在遊樂園中拿著寫字板，小心地打上勾勾。

莉絲蒂是個有火花的人，我想要跟她形影不離。我買禮物給她，非要她接受不可，還在覺得她不會還錢的狀況下借她錢。有天深夜我睡不著，我停車在她家外頭，坐了好幾個小時，音響放著出自音樂劇的歌曲：「**城市最喧囂的角落有沒有丁香樹？／不，只在你住的那條街上。**」

我跟莉絲蒂許多珍貴的回憶裡，有一次是我們一起坐在她家沙發上的那天，沙發有著藍色、紅色、白色花朵的圖樣。我的膝上放著筆記本，離她只有幾公分的距離，正在一筆一劃寫下一串字。

我大聲地唸出：「MAO—TOU—YING。」

我看到莉絲蒂乾到要裂開的嘴唇，正揣摩著每個音節的聲音。陽光很大、近乎灼人，她眼睛底下的肌膚好像皺起來的煎餅，但我並不在乎。她是變身前的伊萊莎，我更喜歡這樣子的她，總要有一個特別的男人，才能看到她的潛力，至少我是這樣抬舉自己的。

「這個字的意思是頭像貓的老鷹。」我跟她說，她輕輕地歪了歪頭，先想了一下才搖頭，被難倒了。

我說：「就是Owl（貓頭鷹）。」

她笑了起來：「怎麼可能。」然後輕輕打了一下我的手臂，她這樣的姿態讓我為之瘋狂，既親暱友好又挑逗：「其實很有道裡耶。」

「好，下一題是CHANG—JING—LU。」

「CHANG—JING—LU。」

「長脖子的鹿。」

「你說 giraffe（長頸鹿）嗎？」

「答對啦。」我們都笑了，我敲敲了筆，想要再多想一些例子。

窗戶在我們的背後，白色的窗臺上都是風沙，是從外頭吹進來的。她離我很近，只要我再往旁邊靠一些，我們的肩膀就會碰在一起。她接著突然伸手，溫柔地順我右耳模糊的輪廓摸著，游移在皺摺跟平滑之間。這是我天生的缺陷，從出生就這樣了，小時候我媽建議我留長頭髮來把它蓋住，但效果並不是非常理想。

「好光滑啊。」她隨口說著，跟我說摸起來就像融化的蠟燭一樣：「好柔軟。」她又加了一句，我則屏住呼吸，希望自己不要對著她呼氣。我那天午餐吃了大蒜，但還沒抽出時間刷牙，那個彷彿時間停住的瞬間，我同時覺得難為情、髒兮兮、又喜悅：**為什麼我不是點湯呢？沙拉也好啊？**

那天晚上最讓我內心顫動的事，莫過於看了兩部電影我起身要離開時，她突然對我說：「你不用走沒關係。」這就像一份親手交到我手上的大禮，附帶了她走向房間時漫不經心丟給我的毛巾。不一會，我在一片漆黑中躺在她的沙發上，聽著她淋浴時的水聲，她打開門時，一方黃色的光芒灑了出來，她就站在那裡，身上包著毛巾，定格在片刻之中，好像可以感覺到我的興奮。我的心跳都停了，真是會挑逗人！

我吸了一口期待的空氣，開始正襟危坐起來，但她已經消失在她的房間之中，關上她背後的燈。

我睡得斷斷續續，接近三點時我終於無法自持，起身去到她臥室的門前，想聽看看有沒有任何動靜，想像她在裡頭俯臥的樣子。我嘗試轉動門把，但它卻紋風不動。

我從咖啡店回來後，花了好長的時間推敲自己該拿怎樣的信給佩里。寄給她的信已經累積了一袋又一袋，像是浮誇的時尚雜誌，之前持續來了六個月，最後她的訂閱大概也期滿了才停止；有寫著她名字的信用卡帳單，還有各種雜七雜八類似的單據。她住明尼蘇達的朋友寄了喜帖過來，我之所以會知道是因為我有拆信，信已經開過這件事瞞不住人，因為信封早就撕得破破爛爛。隔天早上，我逛了文具店，又再買了幾乎完全能搭配的方形白色信封，小心翼翼地模仿地址的字跡，重新將它包起來。

我那天晚上把這封信拿給站在門廊上的佩里時，他細細端詳，一邊輕撫紙的邊角。他歎了口氣：「終於啊。」看起來好像想拿它來磨蹭自己的臉：「就這樣嗎？」

「不能開哦。」我跟他說，還裝得一本正經，故意躲過他的問題：「這可是聯邦級的罪名，擅自拆閱他人郵件。」

他聳了聳肩，手指已經摳進了彌封處：「那，就不要跟別人說吧。」

他把信封打開，抽出裡頭象牙紙質的卡片，我則看著他的臉。喜帖上寫著：**波西亞沃恩與大衛柯恩誠摯邀請您分享我們的喜悅**，字體上還有纏繞的常春藤。

「你沒必要拆開的。」我跟他說，他對我的話置若罔聞，讓我有點不高興，真是個沒教養的人：「我以為你只想要看寄件地址。」

他把喜帖跟信封翻面，端詳了一會後說：「欸，怎麼會沒有蓋郵戳？」我的胸口為之一震，怎麼會把這種事都忘了呢？但我還是保持鎮定，說：「奇怪了，可能是他們自己投遞的吧。」

「寄件地址可是在明尼蘇達呀。」他說，我則聳了聳肩，克制住自己想要把卡片從他手中奪回的衝動。我準備要關門了，可是他一腳就踩了進來，說：「等一下，我不太舒服，可以給我一杯水喝嗎？」

我看著他的腳，不喜歡他就這麼踩了進來，但他的要求倒真的不過分。我進到屋子裡，倒了一杯水，坐在廚房桌邊面對著喝水的他，我們兩個都靜默不語。我看得出來他在觀察屋子裡的狀況，真是不應該給他倒那麼大杯的，我暗自想。他看起來已經下定決心要喝得一滴水都不剩，好像浪費任何一絲一毫都會讓我顏面無光。

事情發展至此，照一般劇本的寫法，他應該要憤怒拍桌，闖入不同房間裡要我給一個說法。但他沒有這麼做，只是坐在那邊喝水、東張西望。

「你確定你不認識她嗎？」他說，神情古怪地望著我。「我保證這邊有些擺設看起來幾乎一模一樣。」他盯著角落的植物說，綠葉已經帶了些枯黃，種在橘色的花盆中。「像是那棵植物，可能是房東的吧？」

「已經跟你說過了，我在這邊沒住多久。」我冷淡地說，不知道為什麼，一開口我就不再畏首畏尾，終於有辦法起身送客，請他是時候該離開了。

他露出微笑：「好的、好的，我要走了。謝謝你。」他一邊說一邊拍著信封袋。

「沒什麼。」我含糊以對，在他身後闔上了門。

我遇見莉絲蒂後已經過了六個月，有次週六早晨我本來沒期待要見到她的。但不久我家門鈴就響了起來，對講機很快就傳來她溫暖的聲音，跟我說她已經在樓下了。我讓她上來，飛快在房間裡忙進忙出，把髒衣服踢到床底下，一股腦把水槽裡的盤子疊好。我開門的時候，她站在我面前看著我，藍眼睛裡有種奇異的強烈感情，她微笑著說：「我要離開這裡，已經決定好了。」

我感覺到心裡方才還在冒泡的興奮感洩了氣：「已經決定了嗎？你才來

不久。」

「不是**現在**。」她說，一邊走了進來然後倒在沙發上：「再幾個星期吧，我要告別這種生活了。」

我的心沉了下去，好像所有本來支撐它懸在那裡的肌肉、肌腱突然忘了他們的職責所在。

「你說什麼？」

「我想要重新開始。」她說：「像是探險者那樣，我要搬走了。」

我呆呆地望著她，還是站著不動。「哪？」我能問出來的問題似乎沒辦法超過一個字。

她聳了聳肩：「還不知道，但是我要走了，我要重新開始我的人生。」

「為何？」

「我已經厭煩這邊的生活了。」她說，然後把鞋子踢開，開始扭動她的腳指頭：「我要走了，新生活、新身分。」

「發生什麼事？」我說話時還半信半疑，覺得這是不是什麼遊戲。

她皺了皺眉頭，然後承認她前一天被公司炒魷魚：「但那不是我要離開的原因。」她說：「我只是想重新開始，而且我需要你的幫忙。」

「為什麼是我？」

「因為你是我的朋友。」她不耐地說：「而且我信得過你。」她走去廚房，開始在冰箱裡翻來翻去。

莉絲蒂在很多方面都很廢，但她也有精明的地方，我總覺得她知道我幾乎可以為她做任何事。接下來的幾個禮拜，她心情一直很亢奮，不斷談著她的計畫，每天一大早就起床打電話給我，講自己靈機一動想到的某個想法。有天她買了地圖，好多好多張地圖，另一天她把自己所有書跟檯燈都扔了，把它們丟在人行道上。

「你為什麼要這麼做？」我一直問她，她只是聳聳肩。

「我覺得好無聊。」她說：「覺得自己卡住了。」

她離開的前一個禮拜，我請了假，幫她把公寓清空，把她的東西整理清楚分類到不同堆裡。先處理的是絨毛玩偶、一些家具以及六袋衣服，賣到好心二手商店。「我還要付這個月剩下的房租給房東。」她遲疑了一下，眼睛沒有看我。

「我能搞定。」我跟她說，她坐在地板上正對著我，正在整理一疊紙張，我話才說出口，她便撲了過來，用不穩的跪姿擁抱我：「謝謝你。」她呼吸時離我的右耳很近：「沒有你我真的不知道該怎麼辦。」

莉絲蒂離開的前一天，我想盡辦法說服了她去我們公司的遊樂園逛逛。她本來不想，說她很累，但我幫了這麼多忙，在堅持之下她還是答應了。我希望可以出去一整天，就我們兩個人，讓她看看我以主人之姿接待當地旅客的地方，大家在我一手打造的設施上盡情享受時光。我們在遊樂園吃了漏斗蛋糕跟烤花生，讓我驚訝的是，莉絲蒂堅決不願體驗愛的隧道。她看著愛的隧道，一臉懼怕的樣子：「還是不要好了。」

「這是我發明的。」我跟她說：「我的職涯就由此啟程，在北京。」

「你沒跟我說過。」

「我很確定我有。」我說：「算了，就試看看嘛。你會被包覆在塑膠套裡，不會弄得很濕。」

「先不要。」她說：「我不喜歡密閉的地方。」

「你會喜歡的，我發誓。」我跟她說：「這個設施的用意是讓人體驗重生的感覺，去感受我們人生裡大部分人已經遺忘的特別時刻。拜託啦，我會跟你一起坐的。」我試著拉起她的手。

她整天都沉著臉，對我解說的遊樂園細節一點興趣都沒有，也對我買給她的鴻禧棒球帽意興闌珊。「別再逼我了。」她突然說。

她就這麼氣沖沖地走開，手插在外套口袋。我保持了一定距離跟在她後面，一開始有點慌，卻有種興奮的感覺，或許這就是我有所表示的機會。把她摟入懷裡，或許就直接傾吐我的感受！我們可以在太陽西下時坐上摩天輪，天空在我們頂上變換就像抽去一張毯子，我們可以一起分食甜甜圈，兩人懸在空中之際，我還會伸手撥去她臉上沾到的糖霜。

我追上她的時候，她正停下來買酥皮熱狗，坐在爬滿螞蟻的野餐桌邊，看到我一臉不高興的樣子。我們靜靜地坐在那直到她吃完，然後她提議一起去坐一個叫「向日葵小兔」的設施。這個設施裡有很多小白兔形狀的椅子，位子剛好開在它們的肚子上，啟動後就在黃銅柱上無精打采地上上下下，建議乘坐年齡是五歲孩童。幸好這不是我想出來的作品，但我沒有跟她討價還價，一起坐了上去。我們坐在面對面的兔子腿上，也懶得調整角度把自己塞進位子裡，兩個人就這樣不舒服地上升下降，沒有交談。

「對不起。」我們下車時，她跟我說。「不知道為什麼，我有時候就會這樣。」她不自在地移動著：「回家吧，我的胃開始要痛起來了。」

我還是不懂為什麼她要離開，老實說，直到坐上她那台老爺車，保險桿貼紙寫著「**我的孫子是斯泰爾斯學院的優等生**」之前，我一直以為她會回頭的。只是開玩笑，只是一個胎死腹中的計畫、只是又要去急診室一趟，不過多帶了桶汽油跟幾大袋行李。我會配合她的演出，要她多帶幾罐水，還有一條毯子以備不時之需，這樣才能睡在車上。

「你打算去哪？」我不斷地問，但直到她坐進駕駛座前，她都說她不知道。她不耐煩地說會打給我，她在路上會有頭緒的。

那天下午，我拿著鑰匙進到她家，剩下整天我都躺在她那有花朵圖案的沙發上，之後的日子裡我一直回到同樣的地方。如果我半閉雙眼，或是把眼球轉到特定的角度，就可以想像莉絲蒂還在隔壁房間，也或許她會在廁所，清空她脆弱的腸胃。最終我放棄了自己在城市另外一頭的家，然後跟她的房東約好，由我承接她的住處。我喜歡這個地方，甚至還去好心二手商店把一些莉絲蒂處理掉的東西買回來，像是她用過的橘色瓷杯、廚房抹布，還有幾隻玩偶。

過了好幾週，她還是杳無音信，我打給她也沒有接。

我花了好長的時間才領悟到她不會再打來了，這個念頭確定成真後，我心煩意亂了好一陣子，感覺在這座城市的一切都已從頭來過。絕望的感覺刺痛著我，越來越難擺脫，就像好萊塢電影的雨一樣黏稠，水裡頭加了牛奶，在銀幕上才看得清楚。

我找到了新方向，她離開後的幾個月，我開始在市中心的大道上閒晃，隨機挑選街上看對眼的女性跟著不放。但我從來不會跟到她們的家門前、不會靠近她們，總之不會更進一步。但有的時候你看到孤身一人的女孩時，總會好奇她要去哪？她的生活是什麼模樣？有的時候跟隨另一個人腳步的節奏，竟是這麼撫慰人心，這麼做是不違法的。

我只被抓過一次，有個肌膚很白、臉很尖的金髮女人，在我跟著她一小時之後叫了賭場的保全過來，他對著無線電說了幾句，走上來跟我搭話。湊近一瞧，這女人又小又乾的嘴唇帶著陳腔濫調的怒氣，保全問我到底來意為何，我和他說自己迷路了，需要指引。他一臉懷疑地搖了搖頭：「你最好趕快離開。」他的語氣帶了警告的意味，還給了女人一個眼神，我卻覺得這樣的保護毫無必要。

我走開的時候，女人碎念了一句話，大聲到我聽得見：「神經病。」

我又走了幾步，臉熱了起來，等到走得夠遠的時候，我轉身對著這兩個人，兩個字不禁脫口而出：「妓女！」

開庭的時候，總是密切注意鄰里動向的卡索小姐告訴庭上，佩里當時已經在我家外面連續等了好幾天，我們看起來發生爭執，我還直接賞了他閉門羹。還有兩次他進來過我家，她特別提及說有一次是在深夜。

這不是我所鍾愛的故事，所以我會跟你們快速帶過。

下一次我再見到佩里是在歌劇院，我同事從投資人那邊拿到了幾張票，我們聽著一位頭大頭髮也大的女人尖叫了兩小時，我的同事離場去接電話後就再也沒回來。我留在位子上直到表演結束，跟觀眾一起魚貫出場，佩里也在。我幾乎沒認出他來，他的一頭紅髮梳得服服貼貼，身上穿著黑色外套跟白色折皺式禮服襯衫，還打了個領結，比在場所有人穿得都正式。我們在鋪著紅毯的大廳看見彼此，那裡擺了精緻優雅的大理石甕罐，黃色的燈光在上頭閃爍。我穿著簡單的正式西裝，當時已經三個月沒看到他了，我們打招呼的方式就像很久沒碰面的點頭之交，有些尷尬。

他跟一起同行的女伴分道揚鑣，我猜或許那是他的姐姐。他們兩個都有同樣的紅色頭髮，接著他就這麼跟我在外頭的人行道上走著。

那天晚上很涼爽、氛圍既舒適又怡人，佩里走在我旁邊，我們兩人一語不發。「你要往哪走？」我找了機會問他，但他只是聳了聳肩說：「沒特別去哪。我就跟你走吧。」他就這樣繼續跟著我，穿過旅館及酒吧，穿過沉入夢鄉的加油站、關上門的商店還有被塗鴉的小餐館。就這樣一路走回我家的那條街，來到門前，跨過台階，進到室內。一路上他跟我聊了中東沙漠的樣貌，那裡的熱空氣就像塞在你嘴裡的吹風機一樣，還跟我說到那裡的車都裝了一超速就會嗶嗶叫個不停的裝置，但他還是整天開快車。我跟他聊了在北京長大的經歷，帶著沙灰撲撲的天空，冷得不行的冬天，還有雨水在我父親昂貴黑色車隊上留下的骯髒印記，我和他說自己那時喜歡拿濕紙巾清除這些汙漬，這總是給我靜下來沉思的感受。

進到屋子裡，我打開電燈，沙發、莉絲蒂的書櫃、我的靴子還有文件在眼前聚焦清晰了起來，好像在偷偷摸摸做什麼被嚇了一跳。

「你餓嗎？」我試探了一下，他看起來就像電影裡走出來的角色，還穿著自己的燕尾服，跟身邊的環境格格不入：「我有吐司，可以煎些蛋給你。」

他點了點頭：「好哇，太好了。」

我走進廚房，開始把材料準備起來，他待在客廳裡，在視線之外，我可以感覺到他在來回踱步，觀察著家中的物品。我沒來由擔心了起來，覺得他可能會晃進我的臥室，或許還會看到莉絲蒂的絨毛玩偶，這些都是我從好心二手商店救回來的東西，排列在我的書架上。

「嘿！」我叫他過來：「來跟我聊聊天啊。」

他走了進來，叉著手靠在門框上，就像細長的摺紙作品一樣：「要幫忙嗎？」

我給了他刨絲器跟一球起司，他靜靜地開始削了起來。我轉身走向爐子，小鐵鍋已經開始冒煙，我切的奶油邊角都已經軟塌起來，開始轉成褐色，我丟了六顆蛋進去，還撒了一大把鹽，量實在有點太多。「抱歉啊，我真的不太會下廚。」我說。

他走到我旁邊，把起司丟了進去，廚房溫暖了起來，佩里把外套脫了下來，他把儲藏室的門開了個縫，將自己的外套掛了上去，一副已經熟門熟路的樣子。雞蛋在鍋子裡發了起來後，我把歐姆蛋翻了面，然後切成兩半，才從放餐具的抽屜拿出叉子，這都是莉絲蒂的東西，根本搭不成對。

我們安安靜靜地吃了起來，我還開了一罐紅酒，兩個人一起喝了不少。我問他婚禮邀約的事情，波西亞跟大衛的那一場，不知道他們有沒有回覆。「毫無回音。」他有些靦腆地說：「我想他們應該覺得我是怪人，一個根本不認識的人為了找她居然做到這種地步。」

他現在從事顧問業，跟自己姐姐一起住，覺得這裡的生活很難適應：「大家工作都很認真，每個人都希望你能鶴立雞群。」他說這樣的日子很孤單，在我發現他在我家門廊上躺著、找尋莉絲蒂的下落之前，已經過了兩個月。

「我感覺這樣有點可悲。」他說。

「哪會。」

「我想你應該也會孤單吧，從中國不遠千里來到這裡。」他說。

我跟他說其實也還好。我離家的時候太年輕，就算自己回到老家，一樣也會覺得孤單。

我跟他說了愛的隧道的事，他馬上振奮了起來：「這就是我要的，一個新開始。」然後笑了起來，笑聲好像狗吠，而且是一條已經有年紀、有病痛的狗。我跟他說改天我可以帶他去，那時我猜兩個人應該已經有點醉醺醺的了。我跟他說當時我一直想重現襁褓的感官體驗，一種嬰兒獨有的經驗，就在我們公司的遊樂園裡。一個讓你躺下的搖籃，頭頂上掛著一個巨大的裝置，播放輕柔的搖籃曲，或許還有一對巨大的臉，時不時低頭望著你。

佩里那時看著我的眼神怪怪的，但還是點了點頭，想表現出贊同的樣子：「是啊，聽起來是還不錯。」

接著我們一起到廚房裡把碗洗了，佩里的手自動伸了出來把抽屜打開，裡頭是莉絲蒂收抹布的地方，跟她之前用的款式一樣，還是紅白條紋，但我想他應該沒有發現。總之，他沒有特別說什麼。時間已經晚了，酒意已經衝上頭頂，他或許也是。他打開儲藏室的門要拿外套，就在這瞬間，他停了下來，說了聲沙啞的「嘿」。

是信，所有莉絲蒂的信，我都裝在大袋子裡，一堆堆收在儲藏室，那天晚上不知道為什麼忘得一乾二淨。我一時無法呼吸，突然地慌了、怕了起來。

莉絲蒂離開後，我想她應該換了手機號碼，因為我每次打電話，就只是響個不停，無人接聽。但是我還是會收到她的信用卡帳單，有一段時間我看見她在全國各地旅遊，先是在這邊的廉價旅館投宿、再去那裡加了四分之一滿的油、買了熱狗配薯條，沒有在哪邊待特別久的。幾個月之後，我看出莉絲蒂落腳的地方，是一個只有兩千人的小鎮，我不會跟你說在哪邊，但總之她在那裡住了下來、找了工作、買了生活必需品，每一筆都列得清清楚楚，甚至連她加油的地址都寫明白了，每一頁都像是一張明信片。佩里出現的前幾個月，我總是在想著是不是要過去找她。

「不是她的東西。」我笨拙地說，我的腦子卡住轉不過來。

「當然是她的東西。」他說：「為什麼不跟我說，搞不好有什麼有用的東西。」他跪了下來，開始查閱一封封信。

「停，這是我的東西。」佩里正在撿起一大把信，翻找然後把他們塞進外套裡，完全無視我的存在。

我推了他一把，但他不為所動：「給我停！」話說出口，我的恐慌感急遽升高，我試著從他的手中把信搶過來，但他輕而易舉就把我推到一邊去，站了起來，還有點喘。

「你到底有什麼毛病？」他說。

我不知道該怎麼描述這一切，我的血壓飆了上來，一頭熱的我有那麼一瞬間神智不清，視覺好像被一層薄薄的羊皮紙屏蔽了一般，什麼都看不見。「給我回來這裡！」我朝他大吼，但他已經離開廚房，在我的公寓裡徘徊，好像在找人一樣。

他走進我的房間，也是莉絲蒂的房間，有一張大大的書櫃，上頭還排著她的絨毛玩偶，以及同樣屬於她的橙色抱枕。他開始翻箱倒櫃，察看床底下有沒有蛛絲馬跡，我無助地站在房門外，我的心爆擊般地跳動，好像要逃跑似地，我大聲尖叫了起來：「闖空門啦！闖空門啦！」

「天啊。」我聽到裡頭的他哼了一聲。

他出來的時候，眼神充滿懷疑以及戒心：「你到底對她做了什麼？」

他忽然看起來大了一號，好像上次見面以來持續做了什麼鍛鍊，搞不好他已經放棄尋找莉絲蒂，開始打起拳擊，我不知道。搞不好他身上帶著武器，搞不好他會攻擊我，然後把我的屍體拋進河裡，一邊發出勝利的笑聲：「哈！」然後坐上他的車，橫越整個國土，身上還穿著那漂亮的燕尾服，月光在他的髮間閃耀。

我開始往後退，一邊說：「沒做任何事，我們曾經是朋友，如此而已，接著她就搬走了。」

他開始逼近我，臉上有一陣暴戾之氣，比我們第一次見面時還醜惡。我怎麼之前忽略了這些跡象，他的面相是這麼的不對勁，那簡直就是一張罪犯的臉：「她到底去哪了？」

「我不知道。」一邊說我一邊退，我的腿背撞上了沙發，我往後倒栽蔥，摔了上去。我感覺到有什麼東西滑過我的臉龐，才驚覺居然是淚，真是沒用啊。「滾出去！」我對他大吼，奮力蹬起身來表現我的鄭重其事：「給我滾！」

佩里一臉鄙夷地看著我，又重覆說著：「老天啊。」接著大搖大擺地走回廚房，再出來的時候，他帶著鼓鼓的兩大袋購物袋，裡頭全部裝的都是信。他一把抱在胸前穩住重心，然後往大門口走去。他經過沙發時，還停了一下看了看我。

「你真的有毛病，該去尋求專業協助。」他說完就往門邊走，再一下下他就要跑了。

我突然燃起一股衝動，苦澀、憤怒還有沮喪交織成莫大的痛苦，我的理性還沒有做出決定，就已經下意識跳起身，朝他追了過去，用盡全身的力氣朝他一撞。他手上抱著一大堆東西，移動的不夠快，而且也沒料到我會來這一招，所以腳一滑，頭就撞上了暖氣的邊角。撞擊的聲音之大，你肯定難以想像，他哼了一聲就倒在地上。

我也摔跤了，暫時倒在地板上，我的腿纏著他的腿，整個人嚇得半死，覺得十分羞愧。這種暴力的行徑真是惡劣至極，我不知道自己是發了什麼失心瘋，還大聲地說：「對不起。」過了好幾分鐘，我才回過神來，坐起身然後湊近察看他的狀況，想遞出橄欖枝，又說了聲：「我真的很抱歉，可以拿些東西給你喝嗎？」

他一動也不動，僵直的那種不動，我發現他剛剛到現在都沒有動：「喂，趕快起來。」我說。

他還是沒有動，沒有動、沒有動、沒有動，我只要一想起那一幕，我的胃就會翻攪、我的身體就會緊繃，我滿懷著罪惡感，我心中的唯一念頭只有**對不起、對不起、對不起**。

有的時候在這裡我晚上睡不著，聽到水管裡滴下來的水聲，我也會發起脾氣。我想起莉絲蒂離開之前不耐煩的表情，想起佩里飆車穿越阿布達比，總是有不間斷的嗶聲從某個地方傳來。我的腦中浮現畫面，是莉絲蒂的信件散落在他屍體旁的模樣，他倒在光滑的紙堆中，型錄還有傳單、數以百計的信封，裡面都是她新生活的動向，信箋、帳單、明細。我好氣，思索著一個問題：**我們都窮盡了一生，只為了尋找某一個人。憑什麼找到她的人，是他？**

MURMUR

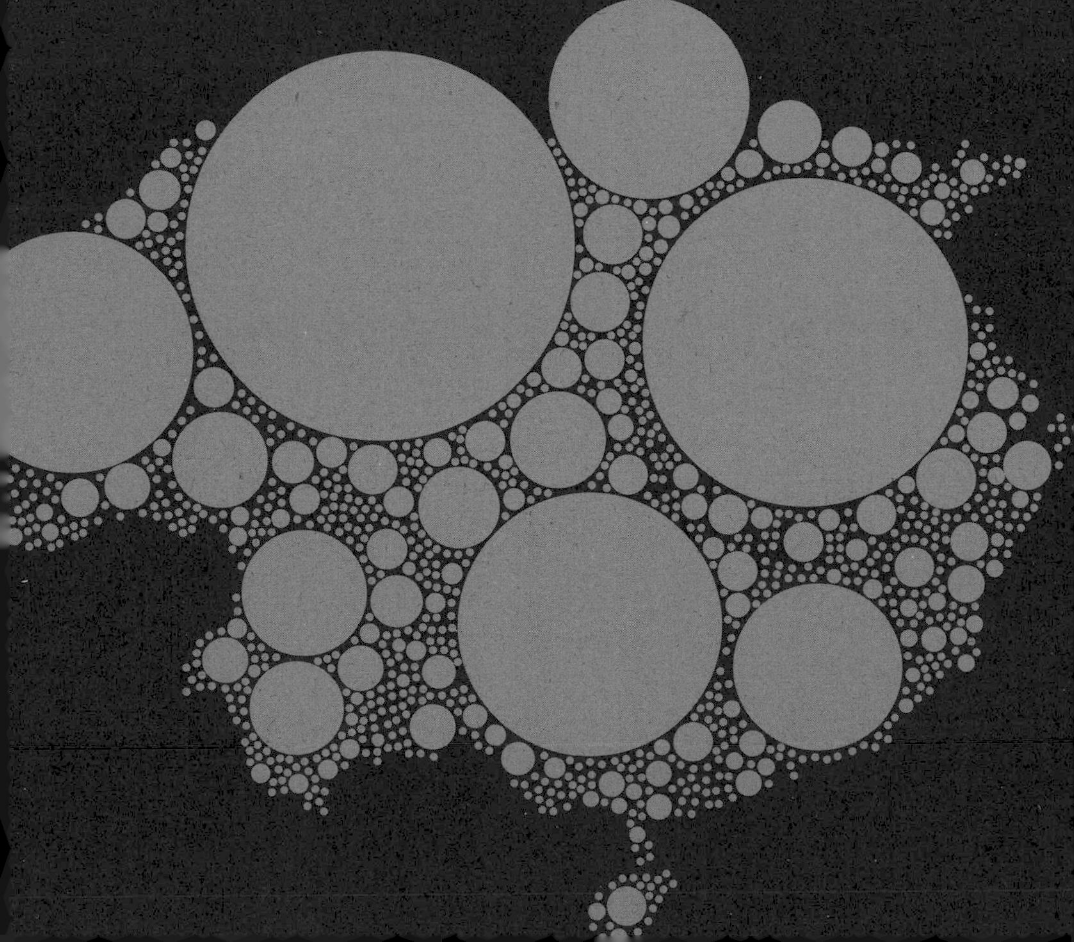

SHANGHA

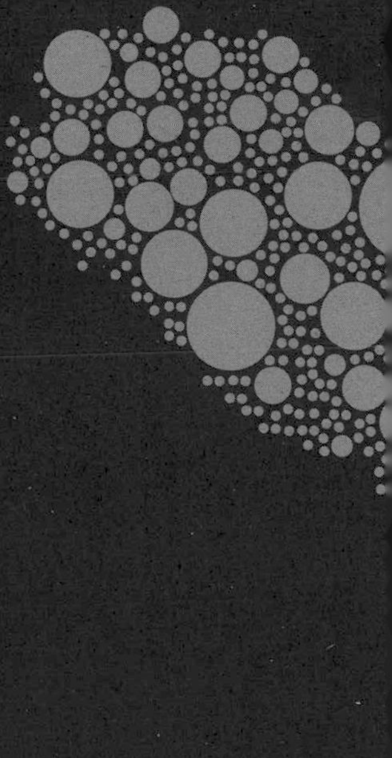

上海囁嚅

樓上住的男房客死了，過了好幾天別的房客才發現。那幾天甜甜的腥臭味越來越重，其他住戶經過走廊都會避開他住的那塊區域，手摀著鼻子來來去去。最後他們終於找上樓管，他找來自己失業的表親破門而入，給了他一百元扛著屍體走三段樓梯下樓。

這場事故造成了口角紛爭，住在隔壁的租客認為應該減租，死了人可真是晦氣。曉蕾站在一旁聽著，樓管破口大罵把他們都轟走了。她替死去的男人感到惋惜，印象中這個中年男子有著眼眶深陷的疲累雙眼，是個在附近郵局工作的老菸槍。她覺得如果自己半夜被壞人悶死或砍死，應該也會落得一樣的下場。

那天晚上她帶了一枝白色的菊花，在一片漆黑中上樓，想要把花留在他的房間外面。當她小心翼翼一步步走上台階時，她卻看到門開著，房間沒有窗戶，比走道上更暗了幾分。她沒等到視覺適應黑暗，就把花從門口扔了進去，氣都還沒喘上來，便往樓下狂奔。

如果詠潔更常到班的話，她馬上就能發現花不見了，她有南方女性的精明銳眼。但大部分的時候她都不在這邊，除了花店以外，還得負責打理叔叔的家禽屠宰場，而那份事業佔用了她的大半時間。曉蕾當班的時候，搞不好可以順手摸走一把把的花都不會有人發現：像是高高瘦瘦，莖上妝點了幾片皺巴巴葉子的百合水仙、還有好幾捆紫丁香。不過她覺得花分開來擺比較好看，所以窗台上那些偷來的花井然有序，已經排好放在自己專屬的汽水瓶裡。一朵綻放不羈的玫瑰也好；一枝電光藍的百子蓮也罷。

跟爸媽告別後，她已經自力更生三年了。她跟家人說她在微晶片工廠找到工作，地點在南方的上海。很多女生都已經離開村子，沒人覺得她們會想繼續過種田的日子。當時的她雖然這麼說，但其實她根本不知道什麼是微晶片，只在電台上聽過一段介紹的片段而已。青年人的自尊心總是鋒利，那時才十六歲的她自豪地跟爸媽解釋微晶片的事情，不容質疑地陳述：那是間日本公司，出口產品到歐洲，被打動的爸媽因此讓她到外面闖。直到坐上火車前，一路上都期待他們發現她謊言的破綻把她攔下來。但他們沒有，她覺得很失望，甚至沒預料到自己會這麼難過，因為她已經坐上了火車，目的地在十六小時以外的南方，她一個人也不認識，只有一份編造出來的工作機會在等著她。

隔天早上她去花店的時候，心情十分惡劣。她還沒有梳過頭髮，櫃台後面的鏡子反射出她的樣子，她不禁皺起眉頭。每天都要搶著上公車，匆匆忙忙在人行道上找位子，胳膊向外、眼睛半斜睨，精明地審視誰又要騙她，嘴巴噘著隨時都準備好要回嘴，這些固定行程已經在她的身上留下難以抹滅的印記。她還沒滿二十歲，但感覺到歲月已經深深烙印在身體之中，好像上海把鐵板嵌在她的臉頰。她已經失去青少年外表的靈動，覺得眼睛疲倦的樣子已經擺脫不了。每個她碰到的人都有故事，說同鄉那個誰誰誰在上海發達了。但不知道為什麼，這些人她一個都沒親眼看過。

但是她依然覺得花店的幫助很大，打點瓶子裡的植物時，她可以感覺到自己內在有種近似野性的東西被激發，那僵硬的手指、麻木的心靈、還有那被禁錮的胸臆。村子裡有一些貓，只要一有人靠近就會發出警告、生氣的呼嚕聲，曉蕾覺得她懂這種心情。有的時候她想離開房間，如果聽到外頭走廊有什麼動靜，便會等到聲音完全消失才走出房門。要是別的門忽然轉動，她還會退回去。有的時候她在樓下中庭望見同齡的女孩聚在一起，儘管她們也不是沒有打招呼示好過，她還是會轉身匆匆退回去，好像一副突然想到什麼的樣子。也沒什麼特別的，她跟自己說，所有野生動物都害怕人類接觸。

六個月下來，她已經剪去許多玫瑰刺，賣掉不少花束。這種行禮如儀像是開了一扇窗，讓她窺見了上海的別樣風貌，本來都已經不抱期待能與其相遇，安撫了胸口裡的蠢蠢欲動。她賣花給辦公室的祕書，坐在豪華黑色轎車裡前來的悲傷寡婦，還有寄同樣花束給不同地址的男人，給妻子也給情婦。她學著讓自己的口氣越平淡越好，帶著一種溫和的好奇，這種應對進退不屬於任何地方，起碼絕不屬於上海，但客人看起來倒是挺買帳的。

最近她的心情亂得可以，低伏的水流沿途抹去流經的事物，最終沒入沙丘。或許有一天她會自己開花店，上海到處都在聳立新的摩天大樓，招牌還有光亮的鋼筋構成霓虹陣，男人西裝筆挺、女人腳蹬高跟鞋，躂、躂、躂。她可以賣些盆栽給他們擺在門廳，闖出自己的一番事業，或許在電梯裡碰到什麼人，從而拿到一份辦公室的工作。沒有什麼不可能的。

吃中飯時她已經不再想到死掉的男人，心情開始振奮起來。早上賣掉了六束雛菊，還收到一張葬禮用菊花的訂單，詠潔一定會很高興。外頭的人行道白線反射了日光，整條街幾乎都亮了起來。今天是星期三，她把整天最好的花留下來，等著她最喜歡的客人上門，先把葉緣開始發黃、花瓣開始萎縮、花尖不再挺拔的花賣掉，這些花再兩天就要凋萎了。

他一直到五點鐘都還沒來，她覺得有一股悲傷悄然攀附上身，讓自己的手腳僵固起來。她一邊協助其他客人，一邊留意門外是否有他的側影。外頭的光線因為黃昏的到來逐漸灰暗，帶走了人行道的光采，連路上炫目的紅色招牌都相形黯淡了起來，本來閃爍著「**健康產品**」、「**成人商品**」的燈板暗了，隔壁雜亂的電腦連接線、水管接頭、以及骯髒、黏膩的餐館地板都靜默了下來，那間餐館的名字就是它的招牌菜：鴨血湯麵。他還是不見蹤影，她則無可奈何地看著剩下的花朵，試著按捺心中失望的衝動，不要把剩下的花從水桶裡倒在人行道上。

後天就是週五，她必須得要凌晨三點就起床，才能跟其他花販一較高下，看誰會先抵達城市另一頭的花卉批發市場。然後，花上接下來的幾個小時，把又重又濕的一捆捆花束搬回店裡。出發前她還必須先把水桶洗乾淨，因為腐爛的根部晚上離開前已在發出陣陣的惡臭。賣不出去的垂死花束，莖軟爛地泡在水裡，她覺得跟鄰居的屍體好像有種令人不快的相似。

突然間，那個男人已經來到店門口，對著她微笑，那雙起了一些皺紋的眼睛帶著笑意。他閃身進來，好像在躲避惡劣的天氣，雖然現在並沒有下雨。他聳了聳肩，好讓自己舒展開來。她注意到他剪了頭髮，還是一如往常穿著白色有領襯衫，可以想見他的衣櫃裡排著好幾列同款的衣服。

一見到他，她感覺整間店終於重新有了焦點，冷冰冰的表情也緩和下來。「七朵紅玫瑰跟三枝百合？」她問他，沒辦法對視他的雙眼，他點了點頭：「精緻的那款包裝。」她感覺到心口溫暖的悸動，他總是會帶來一種自在的感覺，讓她覺得煩擾不再。雖然他從來不是個多話的人，尤其她現在已經記住他習慣買的東西，更沒有必要多說什麼了。她邁向裝滿花朵的水桶，突然感激起它們美好的樣子，把自己的髮絲塞到耳後。

她輕輕地把花朵從桶子裡取出，然後拿在左手開始排開，在簇擁的玫瑰裡小心翼翼點綴幾枝百合。完成後，她抽出一張粉色、一張紫色的紙，輕輕地把它們攤在工作桌上。她感受到了他的注視，所以動作更放慢下來，延長美好時光好好享受愉悅感。

然後她舉起不太穩當的那隻手，用刀剪去除一部分的花莖，把花放到紙顫動的中心點，把每個角折起，取一條橘色的緞帶，謹慎地在花束的中心點打一個結。這次做得不太理想，比她自己對成品的標準馬虎了不少，她希望他不會發現。詠潔的花束總是做得很完美，包好的花束又齊又平整，每一朵都在一樣的高度，幾乎拿一張布蓋著就可以拿來當晚餐餐盤，所有的重要訂單都還是由詠潔一手包辦。

她轉過來看他的時候，他正背對著她站在櫃台旁邊，但好像感覺到她的動作，他轉過身來一臉期待地看著她。她可以感受到一點一滴的綺想正在迸發，讓她很想要跟他分享。但她交出花束的時候，卻壓抑起這些念頭，只覺得他拿走花的瞬間無比快樂，好像花束是她指尖的延伸。她知道這種念頭太傻了，這些花最有可能是送給老婆，或是情婦的。

「你是做什麼的呀？」她急忙說出口，想要遮掩自己的窘態，又重新擺好站在櫃台後該有的架勢。「我常常看到你，所以一直都很好奇。」這話並沒有講完全，其實她內心的小劇場早就勾勒出他日常生活可能有的細節。他是腦部專科醫生，他會拉小提琴、討厭臭豆腐、喜歡打領帶、去過日本。

他望著她微笑起來，襯衫清楚筆直的線條跟一頭烏黑的頭髮相映，讓她的渴望油然而生，真想靠過去櫃台的另一邊，仔細看他每一綹頭髮，細數他下巴的鬍髭。他說：「我做銷售工作的。」他端詳著她，一副在重新思考自己說法是否準確，然後重新修正說法：「呃，我屬於業務銷售的行業。」說完，又重新露出那一副笑容。他把花束小心横放在櫃台上，想從口袋撈出皮夾：「我也給你一張名片好了。」

曉蕾低頭細讀名片上的字，銅板紙質摸起來很厚實。這家公司她聽都沒聽過，也看不出來是做什麼的，但她不想問，怕會冒犯到他。走到外頭，想知道現在是什麼時間，只要看紅色的車尾燈是否櫛比鱗次開始在街上出現就一目了然。黃昏來到，這條路繼續往下走就是昂貴的住宅大樓，外頭種滿矮矮胖胖的灌木叢，沿著邊界搭滿高高的鐵柵欄。這棟建築名叫凱旋大廈，已經落成六年，但還是有種彷彿剛剛出現、讓人錯亂的格格不入感。周邊環境還沒發展起來，匹配不上裡頭新居民的經濟實力還有目標。曉蕾向外頭看了看，好像想找出一點眉目。她不說話會不會有點沒禮貌？她該說話嗎？

他沒有在看她，翻遍了口袋甚至還把東西全部倒了出來，想找出自己的皮夾。沉默已經有點久了，她最後猶豫不決地先開了口：「這一帶環境很不錯，你住在凱旋大廈嗎？」

他又看了看她，這一次多費了一些時間，微微地蹙了眉頭，但還是點了點頭：「我是住在那沒錯。」他一邊說、一邊給了幾張鈔票：「你也是嗎？」這句話當然只是出於禮貌，她身上還罩著工作衫，像她這樣的勞工不太可能負擔得起那種住處。她搖了搖頭，想找話搪塞，他臉上的表情看得出來已經意會到話外之音，也覺得不好意思。「還要過去一點。」她回答，他漫不經心地點了點頭，只見他看了看手錶。

她的心中升起了一股無助的消沉感，兩分鐘內她已經從他身上得到過去兩個月不曾有的東西。再一下下他就要離開了，接著會整整消失一週，於是她比平常更仔細地點著要找的零錢，希望他能問自己隨便什麼問題都好。但他沒有這麼做，她頓了一下，然後開口：「那，保重了。」聲音裡是藏不住的離情依依。

他露出微笑，然後拿起花束，吸了一口氣才開口：「謝謝，再見。」

他離開後，她用皺巴巴的報紙摺成一個角，把剛剛桌上落下的綠葉枝條掃掉。她臉紅了，也氣自己，他一定會覺得自己很奇怪，怎麼會問這種問題？搞不好他以後就不來了。她應該問完工作的問題就該收聲，讓話題停在那邊。問他凱旋大廈聽起來一定很冒犯又詭異，她實在太貪心了，應該把問題留給下個星期才對，慢慢分次問完她想知道的東西。但這樣得花上好幾個月、好幾年，她可不想做這份工作這麼久。

過了一會，她在協助另一位客人的時候，發現櫃台上留了一枝筆。這枝筆是黑色的，握的地方比較粗，中間段鑲了一道細細的銀線，相對應銀製的筆蓋上畫出了一條崎嶇的白線，在黑色的背景上刻畫出了山的線條。她把筆打開然後拿了一張收據，在背面畫了一長條線，墨水是濃郁的黑色，隨著她的筆觸，好像一條細流隨她控制流動。一定是他的，她不自覺就這麼想，然後把筆放進口袋，意外地有種沉甸甸的感覺。

最後兩個客人之間相隔了一小時（都沒有買東西），她趁這段時間把還能用得上的花都先插成花束，這樣的話明天比較有機會可以盡速脫售。窗外的車水馬龍漸漸退去，她稀釋了些漂白水，跪在人行道上刷桶子，這時她看到一個女人大搖大擺經過她身邊走進店裡。曉蕾隨即也跟著她進到店裡，在工作裙上把手拍乾。

她給人的第一印象是大大的太陽眼鏡，上頭還帶著鑲水晶的鏈子掛在頭上。眼鏡之下是一張脂粉未施的臉，毫無瑕疵，曉蕾看得目不轉睛，想看出任何一絲不完美。她穿著一條舒適的運動長褲，還帶著一個粉紅色的皮包，掛在一條首尾相連的長長金鏈條上。曉蕾覺得她應該快結婚的樣子，但是來得這麼晚，還是自己一個人，讓人有點驚訝。可能是誰的妻子來問花還有送給什麼人，這以前發生過一次。

「我先生的筆掉在這邊。」那女人一看見她就劈頭問：「你有看到嗎？」

一股複雜的情緒在曉蕾臉上似浮雲般一掠而去，她不知道自己先前怎麼預期男人妻子的外表，但好像不應該是這樣。她暗暗在心中讚揚她的美麗，可真配得上他，但老實說（曉蕾暗自想），她的臉上總有惹人厭的感覺。她看起來像是那種會給寵物吃昂貴飼料，可是拖欠佣人薪水的女人。

過了好一會，曉蕾才意會到沉默有點太長，她慢慢說：「我們是有撿到一些筆。」覺得穿著工作裙的自己遲鈍又難看，她走到收銀機，然後抓了一把原子筆過來，客客氣氣地放在櫃台上。

女人搖了搖頭，一臉喪氣的樣子：「不對，我找的筆是高級的那種，黑色的，筆身很厚實。」然後還說出了品牌，曉蕾從來都沒有聽過。「你一定有看到。」

她抬起目光，正對著曉蕾的雙眼，就像是陷在眼鏡蛇的凝視中，過了一分鐘之久，為了讓場面有台階下，曉蕾才心不甘情不願從口袋中掏出這枝筆。

女人的臉在放下心中大石以及忿忿不平中拉扯，兩種情緒掙扎了好久，最後鬆了一口氣的感受才勝出。她說：「沒錯，就是這枝筆。」然後伸出手想把筆拿走：「謝謝，這筆挺貴的。」

曉蕾突然焦慮起來，如此強烈，甚至讓她理性全失，她迅雷不及掩耳地把筆搶了回來。她換上一副自己能想到最官腔的語調，帶著百無聊賴又不講理的態度說：「不好意思，我沒辦法讓你把它拿走，我只能把筆歸還給它的主人。」

「我可是他的太太。」女人說，臉上帶著猶疑的表情。

「你有帶身分證嗎？」曉蕾說。

「筆也沒有身分證啊？」女人氣呼呼地回嘴：「這哪門子問題啊？」

曉蕾聳了聳肩。

「聽好了，這枝筆可是很貴的，是老闆送的。你不希望他惹上麻煩吧，對吧？」女人說：「如果我空手而回，他不高興，我也不高興。」

曉蕾覺得自己更堅定了，這女的又擺出了笑容，可真有自信，這可是最後一根稻草。她打定主意不要把筆還給這女人，絕對不要。遺失昂貴的筆哪有什麼成文的規定，就算有曉蕾也覺得自己站得住腳，誰掉了東西本來就該物歸原主。她好整以暇地坐上櫃台後面的凳子，好像是要鞏固自己的立場一樣。

女人瞪著她看：「你是聾了嗎？把筆給我還來！」

一對夫妻剛好經過外頭，兩個人已經屆齡退休，走路的方式就像其他老伴侶一樣，慢慢的、還駝著背。她目光一掃到就知道是誰了，老先生以前都會帶著鳥籠裡的小鳥散步，早上會經過這間店，直到有一天他自己一個人經過，曉蕾還想說鳥怎麼了。聽到女人拉高的語調，他們停了下來，詫異地往裡頭望過來。

女人一副要衝到櫃台後面的架勢：「把筆給我！」

「不行，請您待在櫃台前方！」曉蕾在大城市打滾這麼多年，早就練就反射動作，右腳一伸就把女人給擋住了。

「小偷！小偷！我要報警啦！」女人大叫起來。

曉蕾也火大了，現在要她大吵一天都沒問題：「你去報啊！規矩就是規矩。在這裡你就要聽我們的。」她得意洋洋地說。

看見退休夫婦在門口畏首畏尾的，曉蕾趕緊把他們攬進戰局：「她要我把這筆直接給她，但是我不行這麼做，這裡有遺失物的規矩。」老太太看起來有些不明就裡，但聽到曉蕾的解釋之後，老先生朝怒氣沖沖的女人好言相勸：「這規定也是為了您好啊，誰希望自己丟掉的東西輕輕鬆鬆就可以被人拿走？跟先生說一下，叫他過來店裡面自己取呀。」

女人掉頭就走，朝地上啐了一口：「你絕對會後悔的。」她跟曉蕾說完就走出店門。

多年以後，晚上在床上輾轉反側之際，曉蕾有時會想起所有事情本來可以有的不同選項。她可以把筆還回去，給那個女人，隔週再次看見她的先生，假裝什麼事都沒有發生，繼續賣花給他，好幾週、好幾個月，一大堆玫瑰，數不盡的百合。她也可以收著那枝筆，隔一週、甚至是隔天就還給她先生，或許他會親自上門一趟，如果真的有必要的話。她也可以把筆收在口袋裡，再也不回店裡工作，甚至把筆拿去典當，把這筆錢拿來自己做生意。

但在女人離開後，曉蕾把店門急急忙忙地關了起來，她可不想因為警察耽誤了下班。她把筆帶在身上，塞在自己的皮包裡，然後坐了兩班公車去夜市，跟其他下班的勞工並肩坐在板凳上，吃一碗味道特別好的湯麵，裡頭還有醃菜，然後走回她租的套房。

那天晚上她睡得很糟，一直夢見死在她樓上的男人，夢見他們在漆黑中坐在同班公車上，上海亮晃晃的建築物模模糊糊地一閃而過。他坐在她後面那一排，往前靠了過來，他的聲音平穩卻又帶著焦急，在她的耳中小聲低語，說不上是讓人反感的聲音。他握著一把雛菊，花瓣搔得她的脖子都癢了起來，然後場景倏地變換，他倆在舞池上轉來轉去，地面巨大的彩色網格正在發亮。

隔天是曉蕾的休假日，通常她會在床上躺著看通俗小說，偶爾去一下外灘，坐巴士要一小時，是少數幾個她知道的景點。她喜歡望著江水對岸發光的粉色球體，也就是東方明珠塔，還有那點亮天際線的一道道光束。有時候她一坐就是幾個小時，久得可以看到摩天高塔的燈光熄滅，時間約莫是午夜以前。她在上海的第一年常常去這裡，直到有一次她聽到一位衣著光鮮亮麗的女子跟朋友說，所有「鄉巴佬都來這邊觀景」為止。自此之後，她就沒有這麼常造訪了。

曉蕾在床上躺了一下，想要重新入睡，但最後還是起身，覺得焦躁煩悶。她穿上一件白色帽T，衣襬繡上金線，上頭寫著「**超級巨星**」，因為怕弄髒，她很少穿這件衣服。她又戴上了相配的棒球帽，穿上自己最好的牛仔褲。她在床底下放了一條亮紅色的口紅，是她搬來城市不久之後買的，她只擦過一次，擦上後就馬上卸掉，為了自己外表的變化感到難為情及震懾。今天，她輕輕地在唇上抹了一抹這支口紅，揹起包包，然後一邊哼著歌，朝公車站走去。

她剛來到上海的時候，裝瓶工廠的女孩都說達成目標的方法只有兩種：賺大錢或結婚。但在那裡賺取微薄收入的她，平常身邊會看到的男人只有工廠的老闆，早就已經結婚，年齡是她的兩倍大。在那裡工作兩年後，有天她被老闆叫去領取一週的薪水，當她彎腰給桌上的收據簽名時，站在身後的老闆伸手抓了她的胸部，就好像在市場檢查水果熟度那樣。「你喜歡嗎？」他一邊說，一邊對她耳邊呼著熱氣，曉蕾抽身而出，不久就辭職了。但她有的時候不禁想，如果她沒有拒絕他，日子會不會過得更好？

她在離凱旋大廈不遠的地方下車，越靠近茂密的灌木叢，她走路的速度也越緩，心噗通地急跳。龐然的黑色大門深鎖，但她在一旁徘徊，一看到有住戶離開，就趕緊溜了進去，一切比她想像的容易多了。裡頭是一片綠洲似的景象，矮樹叢都修剪成圓球狀，大理石砌成的大廳裡有一尊拿著三叉戟的黃金天使雕塑。空氣添了幾分香水的氣息，從頭頂某個方位，傳來輕柔的樂曲聲。昏昏欲睡的保全坐在服務台前，一看到曉蕾就猛然抬了起頭來。

「來賓請登記。」他咕噥著。

「我只是在等朋友。」曉蕾說，然後一手不自覺地扯起頭髮，這個動作是從男人妻子身上潛移默化來的，保全目光掃視著她，但最後沒有多說什麼。

門廳的一邊有一張巨大的鏡子，對面擺了張白色的皮沙發，曉蕾就大大方方地栽了進去。她拿出筆來看了一眼，又緊張兮兮地趕緊把它放回袋子裡，她歸還這麼珍貴的物品，男人一定會心存感激。他會以薄又脆的蛋捲酥做為回報，還會送上易碎玻璃器皿中盛裝的茶。當她還住在村子裡是個少女時，曾經有個很紅的電視節目，專門記錄了兩個住在大城市公寓中的女性，她們的家裝潢成全白的，白色的皮沙發、白色的流蘇地毯、白色的百合，她想像中的居所也長得像這個樣子。他們會並肩坐在沙發上，他會貼著她，就像裝瓶工廠的老闆一樣，但這一次她不會抗拒。

好幾個小時就這麼過去，空氣因為空調很涼爽，有一種自己獨有的靜謐。幾位穿著西裝的男人以及帶著穿漂亮衣服孩子的保母進進出出。原本的保全下班了，另外一個人過來接替他的崗位，曉蕾假裝自己在通電話，但大部分時間她就這麼坐著，看著人來人往的景象。這裡離自己出身的灰撲撲村子有上千里遠，光是坐在此處，她就覺得心滿意足，怡然自得，好像她本就屬於這裡。她喜歡觀察住戶的臉孔，看起來那麼聰明又精緻，難怪說出來的話層次高了不少，而不只有「**要下雨了**」、「**應該吧**」、「**吃飯了嗎**」、「**對，今天很熱**」這種話好說。

她想起祖父慶祝八十歲大壽那天——隔年他就去世了——村裡一大群人聚在一起享用烤雞，大夥一連敬了好幾輪酒後，祖父告訴大家他非常高興自己可以與身邊這些人共度人生。語帶驕傲的他的確沒有離開村子過，但這件事讓年輕的曉蕾無比恐懼，下定決心自己該離開這裡。

電梯叮了一聲，打斷了她的白日追想。她一抬起頭，正好看見她最喜歡的顧客遁入電梯裡，一邊腋下緊夾著公事包，她趕緊起身跟了上去，不想要看起來特別刻意，但電梯門卻已經關了起來。頭頂上閃著金光的面板顯示他搭乘到四樓，前方的保全正忙著跟另一位住戶講話，她一溜菸就從樓梯追了上去。

她上樓的時候，他剛好要進到門廊底端的公寓裡面，正要關上身後的門。地板鋪著深藍色的地毯，仿製的水晶燈就吊在天花板上，她慢慢地往前走，周邊寂靜無聲，電梯旁邊有一面鏡子，她仔細地檢視了自己的臉。她拿下了棒球帽，潤了潤嘴唇，然後把頭髮鬆了開來。**你都已經來到這了**，她這麼告訴自己，**不要害怕**。

隔了幾分鐘，她敲了敲那扇門，但沒有人回應。又過了良久，她再敲了一次，這次多用了些力，才聽到裡頭的腳步聲。門打開的時候，他身上穿著汗衫跟短褲，剛才約莫是去換衣服了。「怎麼了？」他不耐地說：「你是誰？」

曉蕾試著在驚訝的情緒下開口：「我……」。

「你想幹嘛？」他說，眼神裡似乎沒有認出她的跡象。

曉蕾聽見公寓裡邊某處傳出女人的聲音。「我不知道。」他轉頭往裡頭喊，又看了看曉蕾，這次打量的意味更深了些：「我們沒興趣。」曉蕾可以看到公寓裡面擺了一張拋光過的桃花心木咖啡桌，還有一座安裝在牆上的小噴泉，黑色的圓球體旁邊冒著泡泡。還有一隻白色貴賓狗縮在沙發上，一看見曉蕾就起身吠了起來。男人看起來還是沒有認出她來。

「不好意思。」她說，失落感像又沉又重的海浪拍擊著她，她開始往後退縮。男人用狐疑的眼光看著她，最後說：「沒關係。」然後啪搭一聲關上了門。

曉蕾找到路走出了公寓大樓，臉頰燒燙燙的，從樓梯往下衝的時候根本沒有顧及左右四周。外頭清爽的空氣來得正是時候，她流了好多汗，還好有及時想起來把白色帽T脫掉，不然就要弄髒了。她跑這一趟真是愚蠢，期待從他身上得到任何回應的念頭真是愚蠢，真不該奢望自己這樣的人能有什麼地方可以讓他留下印象。她用力地掐了自己當作懲罰，手臂上留下了難看的紅印子，速速坐上了公車然後走回家。一回到家，她就爬上床蓋上被子躺著，她的內心有種空洞，愧疚感席捲而來，然後便沉沉睡去。

隔天早上，曉蕾在批發市場待了四小時，在清晨微曦中踩過街上積水，才一回到店裡，就發現詠潔沉著一張臉在等她。她下意識地看了看包包，才發現筆不見了，她不知道是被偷了還是滑掉了，但總之一切已經無關緊要。女人前一天早上已經先去找過曉蕾的老闆，曉蕾隔天回到花店，手臂濕漉漉地扛著鮮花時，詠潔已經下了決定要開除曉蕾。再說，有一大堆年輕女生可以頂替她的工作，而且搞不好表現得更好。

曉蕾聽到女人宣稱筆的價值有多高時嚇呆了，幾乎已經等同她二十個月的薪水。

曉蕾情急地說：「她在騙人吧，怎麼會有筆那麼貴？」

曉蕾幾乎已經十拿九穩詠潔沒聽過這種筆，但詠潔立刻擺出了一副胸有成竹的姿態，像是一面抵禦質疑的盾牌。她說，那是一個非常知名的歐洲品牌。

「可是也有可能是仿冒的。」曉蕾說，背叛的感覺稍縱即逝：「誰會帶著這種筆四處跑？」

詠潔沒有反駁，但她拒絕把這兩週積欠曉蕾的薪水付給她：「你給我找了這麼多麻煩，事情沒有鬧得更大算你走運。人言可畏，凱旋大廈是我們的重要客源，現在誰還想上門光顧？」

曉蕾也沒再多爭辯下去，或許詠潔是對的。退一萬步來說，已經確定損失了一位每個星期都會來的常客。「我是真的搞丟了。」她說，講的是那枝筆，但老闆可不為所動。

「沒區別，你自己也很清楚。」詠潔說，一邊把白色的菊花戳進綠色泡棉做的基座裡，好像曉蕾已經從她面前消失一樣。

接下來的幾個月曉蕾求職的時候，總是會進到城市裡的小型文具店，想要找到外表相似的筆，好奇如此昂貴的筆是否真的存在，如果真的有的話，又會是在哪裡。她找到了筆身纖細的原子筆，有些顏色還特別出挑，是粉色或綠色的。現在從韓國進口的筆五花八門，透明的筆身、中性筆、按壓筆，她把他們捧在手中端詳，掂量著他們的價值。

她唯一的缺憾，就是沒能多跟男人的筆相處一段時間，把它據為己有、把它的筆蓋卸下，親自試寫，沒能真正留下它。她當然走原路回去找過，甚至還去批發市場問了幾個攤商，也到凱旋大廈周遭檢查過，但就是什麼都沒找到。

她找到下一份工作後，這枝筆還是在她心頭縈繞不去，這次她做的是洗髮精還有潤髮乳的上門推銷工作。她買了一台腳踏車，在城市裡四處穿梭，偶而在文具店旁跳下車，察看他們不同時令的貨架賣什麼東西。這個執念扶了她一把，讓她面對這個威脅要打倒她的城市時，有了一點起碼的自主權。

後來有一次，她在藥局看到一個女人手裡握著一枝粗粗的黑筆，正在填寫收據。形狀是那麼地相似，她的心跳都快停了：「可以給我寫看看嗎？」

櫃檯店員皺了皺眉頭，但曉蕾死纏爛打，最後她終於妥協，給她筆還有一張薄薄的灰色紙板寫字，原本是藥盒的內層。握在手裡，重量比曉蕾記得的要輕，沒有銀色的筆蓋，也沒有刻上高山的線條。可那手感一模一樣，光澤也一樣滑順。她問女人：「多少錢才賣？」

女人皺起眉頭：「這筆不賣的。」

「拜託你了。」曉蕾說，她開始用它寫字，還發現這筆不是墨水筆，裡頭的筆珠有著粗糙的表面，滑過紙板表面時只留下一縷痕跡。「在便條本上更好寫哦。」店員可沒說錯，曉蕾看到她剛剛寫的收據，上頭的黑色字跡清清楚楚。店員好奇地看著曉蕾，好心把帳本推過去給她：「你可以試寫看看。」

但曉蕾已經往門外走了出去，搖了搖頭：「謝謝你呀。」她對著後頭的店員喊著：「這不是我要找的東西。」

G NUMBERS

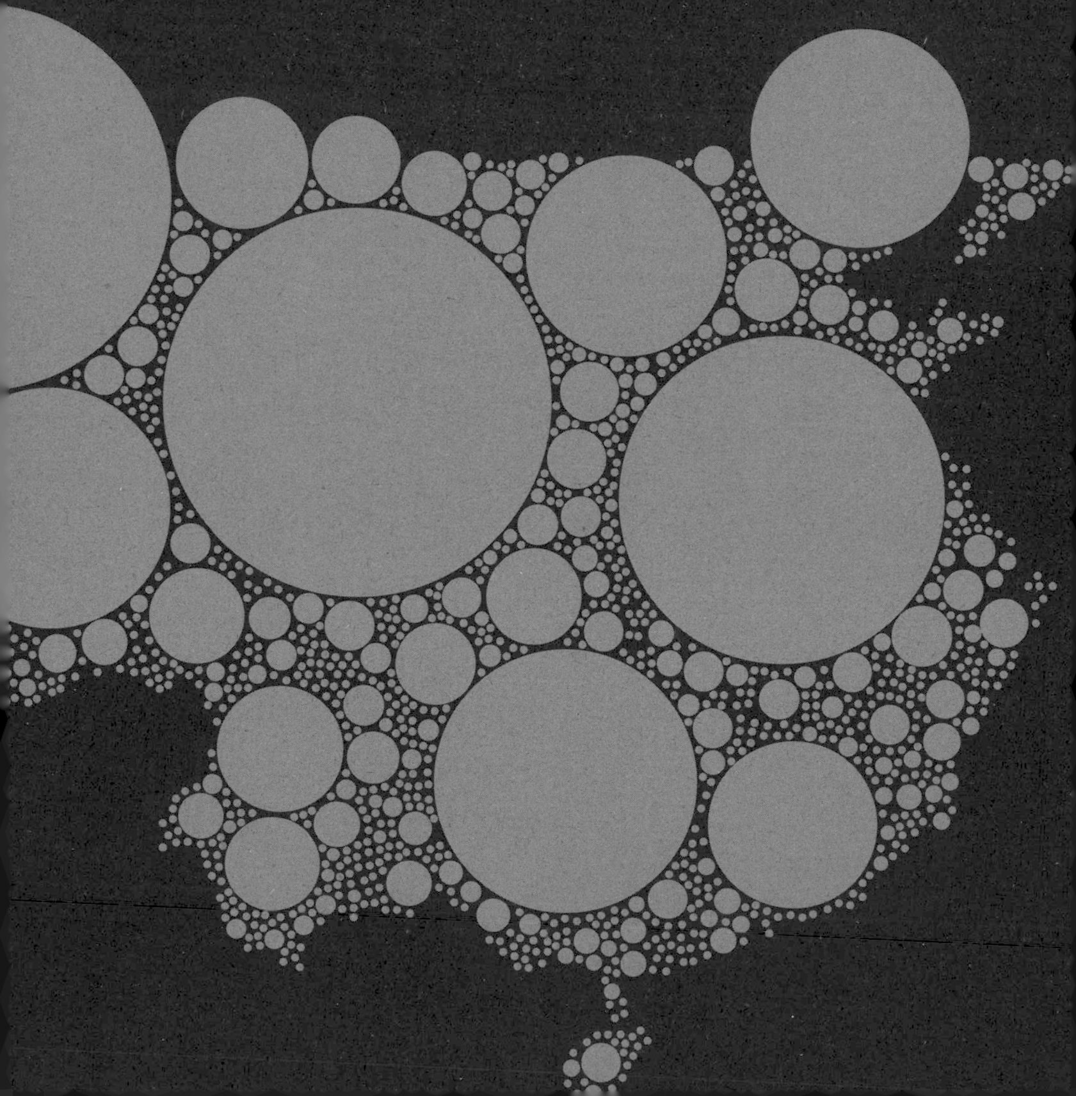

LAND OF BI

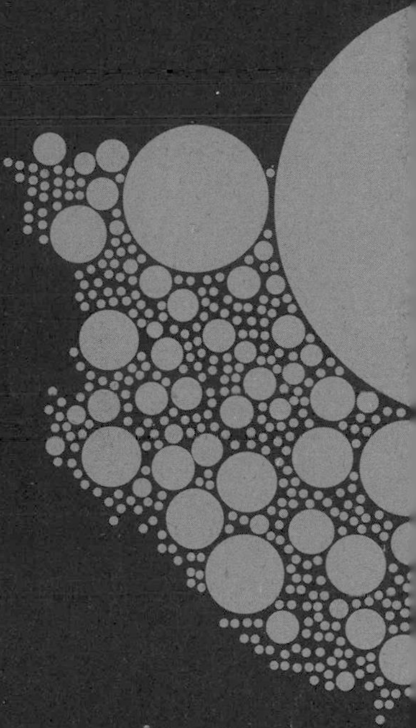

眾數之地

這張對話截圖是李學師寄給他的，帶來財富及救贖的希望：「**山東富足衛生有限公司，即將奪下一份政府合約，負責建造六間軍醫院**。」訊息是這麼寫的：「**這可是難能可貴的機會啊**」。兩個對話人的頭像還清晰可見，是日本動漫的卡通兔，但名字都被塗掉了。

朱鋒覺得自己的脈搏急湊了起來，好像他身邊窄小的私密空間與手機都微微閃動了起來。「**這個人是誰？**」他發訊息問小李。他四歲的時候就認識小李了，兩人都住在同棟破舊的公寓大樓中，交情密切到幾乎可以說像是一對親兄弟。

「**不知道，在朋友的動態上看到的，可以參考一下。**」

朱鋒瑟縮了一下，調了調枕頭的位置，大字形地躺在床上。房間的牆壁薄得像紙，他聽見母親在廚房切菜，還有父親收看的電視節目傳來罐頭笑聲。「**好啊，只要你有錢。**」他寫道。

「**問問你爸媽。**」小李回傳：「**動作要快，不然這次的機會也要溜了。**」

老天，小李真是有夠幸運，他們兩個人一起在昏暗髒亂的住宅大樓中長大，有著髒兮兮的水泥走廊，老是故障的電梯。但約莫十年前，小李的父親轉換跑道，開始做不動產的生意，之後他帶全家搬去城市另一邊的大樓，現在一行人出門都用黑色的賓士豪車代步。小李拿了一筆「零花錢」，這陣子老是在談新的投資、期貨、選擇權，這些字眼對朱鋒都像天方夜譚，代表了他還陌生的那種自由。小李的父親已經答應他跟女朋友結婚時，要給他們買一套房。

而朱鋒每天早晨起床的地方，仍然是孩提時代一路住到現在的臥室。曾經嶄新的窗簾已經染上汙點，潮濕的床單水氣不散，什麼女孩會想跟他結婚？他只有像笑話一樣少得可憐的薪水，沒有車，也沒有任何希望能買下自己的窩。

決心一閃而過，他起身走向客廳，突兀地冒出一句：「爸，我想借點錢。」

博洋黏呼呼的眼睛從電視那邊轉了過來，閃爍的眼神打量著他。朱鋒別開了頭，跟他父親眼神交會總是讓他深深的不自在。有那麼一下子，他後悔到覺得自己根本不應該開這個口，但博洋深陷的眉宇還是在觀察著他：「要幹嘛？」

「投資的機會。李學師跟我說有一支……」

「小李又知道什麼了？」

「他家裡做相關的行業，他知道門路……」

他父親的眼睛轉回電視上：「你的工作很穩定，如果你朋友想要賭一把，就由他去。」

「但是，爸……」

太遲了，博洋已經開了一瓶便宜的白酒啜飲起來，好像要抵禦兒子的話一般。他沉重的話語脫口而出：「有錢人啊，不知道貧窮的滋味是什麼。」然後將電視的音量調大。

不一會，吃著燉羊肉、喝著淡啤酒的小李同情起他來。

「老一輩的人不懂。」他一邊咀嚼著炸花生一邊說著。好幾個月來，小李跟另外一位朋友在合作開發新的手機應用程式，可以把人臉轉置到不同的地方上，像是狗、豬、甚至清朝皇帝身上，藍色的流蘇從黃色的方帽邊垂下來。狗會叫，清朝皇帝會跟你說：「**祝你美夢成真**。」

「外頭有一整個新世界。」小李說：「我一直叫我爸贊助我們，可是他說，如果這個東西不能握住、不能操控、不能吃，那它就不是真的。」

小李感同身受地歎了口氣，然後咧嘴一笑：「欸，我有沒有跟你說昨晚的事？」他開始聊起他最近帶女友去的俱樂部，那裡的酒水都用冰塊做成的大碗裝著，所有的服務生都畫上閃亮的妝容。

朱鋒邊聽邊點頭，但沒有認真聆聽，不由自主地緊張了起來。他最後開口時，聲音很明顯地顫抖又不自在：「小李，我可以跟你借點錢嗎？」

他的朋友挑起了眉頭。

「不多啦。」朱鋒馬上補了句：「一千元就好，夠買些你提過的那支股票就好了。」他羞怯地笑了笑，好友拍了拍他的背。

「絕對幫你這個忙，兄弟。我沒想到你有這個膽量。」小李說。即使在他的父親致富之前，他一直就是那個比較勇於行動的人。他上課時會丟紙團給班上女生，嫌學校午餐份量不夠會多拿，還會跟老師回嘴。朱鋒一路看來，總覺得很嫉妒他的膽識。

當天晚上朱鋒坐公車回父母同住的公寓，穿過天暗下來的城市時，他下載了手機交易程式。程式問他：「**想要替自己打造富足的人生嗎？**」他按下「**是**」，心中帶著一股雀躍，完成了安裝。

幾週之後，他就把錢還給了小李，把一疊一百元的紅色鈔票甩在白色的桌布上，人來到了剛開幕的五星級海鮮餐廳。兩個人舉起還熠熠發光的白瓷新茶杯互敬彼此，服務生穿著整齊紮在背後的紅色圍裙，他覺得她們特別美。山東富足衛生有限公司在市場上的表現奇佳，他買進後沒幾天就翻了一倍，在小李的建議下，他拿這筆錢去買了更多股票，新買的股票也正在上漲。

股票市場啊！好像找到了通關密碼一樣，真是好賺。這個玩意早就存在，打造了這個國家數以百萬計的財富，他現在終於參與到其中了。政府鼓勵每個人都進場，在餐廳的一角，電視轉到了國營頻道，上頭顯示上海證券指數今年已經上揚了三十個百分點。「牛市循環才剛開始。」新聞主播正播報著新聞，有些美髮師成了百萬富翁，有些學校教師一夜之間便辭去工作。當天早上另一家國營的經濟日報是這麼說的：「**全世界表現最佳的股票市場。**」

朱鋒身邊的所有人幾乎都在買房子、買股票、再買下第二間、第三間的房子。整個世代的人富了起來，需要買東西給自己的孩子，從前微不足道的小事已經無法滿足當下的標準。像是藥房外面那些投銅板就能坐的電動遊樂椅，有著塑膠做成的卡通人物，閃著燈前後搖動；或是插在竹籤上的山楂，浸了黃黃的冰糖霜，是冬天便宜的零嘴。購物的需要只因為手頭有錢而生，所有人都隨著這股風潮掏錢。他們過過簡單的生活，但他們的孩子將要體驗複雜的事物。政府也說這是「**一代人發揮購買力的大好機會**」，不管任何項目都正在大興土木，新的公寓及道路比比皆是。中國正在節節高升，沒有人想落單。

就連他上班的公務機關，辦公室都重新整修擴建，增加了全新的隔間板材及會議室。好幾週過去了，工程持續延宕，他的同事們對難聞的氣味發起了牢騷，但朱鋒黏著他的交易軟體，一點也不介意。他的論點是，不管你身在城市的哪個角落，所有的東西都會毒害人，不管是霧霾還是接近建築工地時那刺鼻又化學的噁心甜味，可能是某種膠水或是某種密封劑，反正都一樣。你可以像許多人一樣退縮，買一個口罩戴，但也可以跟真男人一樣大口吸入，噗！

深夜躺在床上，他腦中浮現了一排排股票代碼，飄來飄去、乍隱乍現。

先是921015，他的生日；再來814036，他在新聞上聽到的養豬公司；還有640007，另一個同事報的明牌。他感覺自己輕輕地貼近他們，然後推了他們一把，如煙的數字就冉冉升上空中。

他想，這樣的東西，像自己父親一樣的人絕對不會懂。窮人總是做著窮人專屬的工作，被排除在遊戲之外，穿著又皺又鬆的老人夾克，像是上一個時代的遺跡，早就無路可退，真的必須得要同情這些人了。

朱鋒有記憶以來，他的父親總是陰晴不定、反覆無常，老是經歷各種情緒低潮。他母親曾經說過，父親很多年前曾經受過一次大打擊，但誰的人生又是一帆風順呢？

「是什麼樣的打擊？」博洋鎮日躺在床上拉起簾子的那些時候，他也曾經問過，但母親並沒有給他解答。

最後朱鋒停止各種猜想，無論什麼事情，他總該放下了。他也就五十三歲而已，但是肚腩卻已經大得不得了，臉上佈滿老人斑，身上散發難聞的臭味。他多年來都穿著同一頂破爛的藍色帽子以及合成皮夾克，總是到處騎著摩托車散漫地遊蕩，對路人喊著：「**摩的、摩的**」，希望他們會掏出幾張紙鈔、跳上他的後座。「**摩的、摩的**。」好像他在叫賣仿造的勞力士，或是在街上兜售童襪一樣。

朱鋒小時候總喜歡坐父親的摩托車，大大的輪子、還有那引擎運轉的轟隆聲！就像是跨坐在一隻龐然的機械怪獸身上，引擎穩定地震動發出嗡嗡聲，兩個握把分別在父親的掌中，看來特別讓人安心。後來這座城市開始變得富裕，每個人都擁有了自己的摩托車跟汽車，想到父親必須等待別人的招呼，為了省油還必須滑行前進，在行人間用盡雙腿力量推動車子，就讓他特別難過。現在朱鋒長大了有了工作，這又讓他生氣起來。他就不能再努力一些嗎？「**摩的、摩的**。」

這幾個月來，父親的精力都投注在一隻紅嘴鳥上，是他在鳥市買的。他無止盡地開啟鳥籠、更換水碟、逗鳥翻筋斗、試著讓牠叫幾聲。早上他會帶著鳥籠走去附近的公園，加入一群也帶著鳥的老人家。他們在那裡小心翼翼地把鳥籠吊在樹上，花好幾個小時下棋談天。真不應該，朱鋒這麼覺得，因為養鳥是老人家才有的嗜好，可他的父親還不算老。

「現在是冬天。」父親那時開始每個禮拜只出門騎車載客幾天，本來他是這麼解釋的：「沒什麼生意。」

但那已經是四個月前的事了，現在已經是四月天，這個月份的豐饒在樹木上看得見，先是躊躇地伸展開軀幹，然後如同驟雨般結出許許多多的小花苞，落在人行道上。博洋仍然帶著鳥散步、仍然一週只騎車上工三天，朱鋒的母親君玲背雖然不好，也不得不在醫院多輪幾個班，這一切讓朱鋒好想尖叫。

他想，如果自己有更多錢投資就好了。李學師最近買了新的音響組，他們兩一起聽饒舌音樂好幾個小時，那些歌手發了瘋似地歌頌自己根本沒有親眼見過的地方，像是紐約、倫敦、聖保羅。他們的床上有美麗的女人，擁有世界上最棒的事物：藍寶基尼、勞力士、凡賽斯，兩個人一字一句地跟著唱。

這個地方沒有什麼空間給朱鋒這樣的人發揮，他有點子、有野心、有品味。他喜歡這個字眼，品味，這種特質很明顯只屬於他跟小李的世代。他父母親那窮酸的生活、蹣跚的腳步，他們僅有的卑微心願就只不過是「**吃得飽、**

穿得暖」罷了。

他如果有更多錢的話，便有辦法靠市場的力量翻倍再翻倍。身邊所有東西都在向上攀升，很快他也會搭上這班順風車。

開始投入股票交易後不久的某天，他有了一個重大發現。他手上負責管理了一些公部門的經費，會下放到省內各地，必須填寫一式三份的匯款單，銀行轉帳好幾個月來都是他安排的，手都被黑色墨水弄濕了。有一次他不小心把帳號的兩個數字填顛倒，導致款項沒有正確匯出，臨陽縣林業處打給他問經費怎麼沒有入帳時，他才發現自己的失誤。那時已經過了六個禮拜，如果他們沒有打電話過來，很有可能根本沒有人會注意到這件事。

一開始他先試著把一千元轉到自己的帳戶，把錢放了一個月後才轉回去，結果根本沒有人發現。食髓知味，只要每個季度作帳的時候數字兜得回去，那這筆錢看起來就是他的，又有何不可？為什麼要把錢放著不動？明明可以拿來花、拿來用、用在不一樣的用途上甚至翻倍？整個省有這麼多支出，每個月都成千上百筆，誰又會注意到有一個戶頭分了一部分走？才不會有人發現。

「大搖大擺賺大錢，大吹大擂得富貴。」他不自覺哼起了一段旋律。

他先領出了一萬元，成功把這筆錢翻倍之後，又分批取了五萬元，賺了三分之一的報酬。每個星期，他看到帳戶更新的欄位裡數字不斷成長，而每季季末，再將原本該有的錢匯還到政府的戶頭，然後把獲利撤回市場。如此操作過了八個月，他的內心被令人暈頭轉向的數字遊戲席捲。每天早上走去地鐵的路上，他總會經過一排排在街上對著棋盤桌賭博的老人家，讓他不禁想吶喊：**「笨蛋們！明明就有比這厲害的遊戲。」**

他去市中心有著英文招牌的商店購物，裡頭有巨大的全身鏡，還有許多拗口的名字：像是傑尼亞或是雷迪波爾（標語：「趕上全世界的流行」）。他買了新大衣、褲子還有一雙厚實的皮鞋，觸感讓人興奮不已。他突然開始留意身邊其他男性穿的品牌，外套的外型、領口的式樣，每次走在街上，看到他認得的品牌標誌，他就覺得心口愉悅地跳了一下。

晚上回到父母住的社區，退休人士在中庭遊蕩，附近的街區賣的東西只有劣質菸品跟豆腐。但他在爬上水泥階梯時，心中第一次竊竊欣喜了起來。

他沒有跟任何人說自己做的事情，連小李也沒有。等到他賺了一大筆錢，他就會給大家一個驚喜。他會辭職，開設自己的公司，然後在國外買棟別墅。最近很多人都去買西班牙還有希臘的護照，小李跟女朋友最近去羅馬，他看過照片。他幻想自己身在歐洲一間陽光灑落的咖啡廳裡，當然還要學習一門新的語言。他想像自己就像新生雛鳥學習唱歌一樣，張開口牙牙學語。

朱鋒的工作一個月要出差到三四線城市幾次，那些地方的風景不外乎就是高速擴張的仿冒速食連鎖餐廳，不斷按喇叭的車陣，這一兩年才新蓋好的房子，以及四處可見，像是爬藤一樣的鷹架堆。他曾經喜歡過這種工作內容，至少能換換環境，但自從開始炒股之後，他就越發厭惡這類行程。不只手機的收訊不好，還要跟地方的幹部開冗長的會議，討論肥料方案或是造林計畫怎麼執行，而且每天鞋子都沾滿泥巴，伙食令人不敢恭維。

那年冬天有次出差，他跟同事提早出發，先是坐火車，再轉搭交通車。六個人擠在廂型車裡一個半小時，經過天雨路滑的高速公路，再開上遍布車轍的顛簸小路。他們要去跟某個村委會的人會面，討論新的造林方案。朱鋒手裡握著手機，時不時按下重新整理的按鍵，股市開市疲軟，訊號消失前他看到已經跌了三個百分點。天氣很涼，呼出的氣變成若隱若現的圈圈，慢慢放大然後消失在車窗上。

他們在中午左右抵達村子，一行人從車裡擠了出來，踏了踏腳然後對著手掌哈氣。那裡有一排排磚造的房舍，一堆堆被雨淋得軟爛的柴薪。村子口站著一群怒吼的村民，一團人聲勢不甚浩大，約莫只有二十來位，但他們一起拉著一幅手繪的布條，上頭寫著：「**還我土地，還我人生**」，一邊賣力地揮舞著。

朱鋒不知道這布條是在指哪一件事，但覺得大抵可以猜到發生了什麼。來時路上，高速公路邊的廣告牌都在宣傳這附近最新的高樓建案，上頭是同一類型的電腦繪圖，時髦精緻的公寓大廈，蔓延在每座城市間。朱鋒猜測，這些村民應該是因為這些建築工程，被迫搬遷到其他地方的。

「我們不是土委會的人。」當地林業局的主任對聚集群眾大聲地說：「我們是林業局的人。」他高亢的語調聽起來有些不耐，好像抗議人群已經接收到，卻拒絕讀懂他的提示。

人群傳來一陣竊竊私語，想要摸清他們究竟是什麼來歷，但這些官員都穿著厚重的外套，村民一時之間也不知道該找哪位。朱鋒發現有個女人看起來很像自己的母親，特別是雙眼的神韻。她穿著一件蓬鬆的紅外套，還帶著一頂帽簷很寬的稻草帽，上頭蓋著塑膠套防止雨水滲入。

從村子裡頭來了一群穿著制服的男人，開始衝往群眾，腰間的警棍搖搖晃晃。人群中有些人尖叫了起來，一看見他們，朱鋒剛剛注意到那戴著稻草帽的女人就湊了上來，想把手裡的傳單塞給他，說：「帥哥啊，你是年輕人，年輕人還有良心。」

朱鋒遲疑了一下，這位女性近看才發現比想像得老，她上嘴唇那些粗粗的雜毛幾乎都可以數得出來。他覺得自己心軟起來，女人感覺到了：「請幫幫我們，您是有權勢的人，享有權力就要盡義務。」她拉起他的手，扯在他外套的袖子上，力道比想像得還大，他不禁往後一縮。

「放開我。」他狠狠地說，她照辦了。一群官員們一哄而散，他跟著他們頭也不回地進到村子的黨部會堂。幾個小時後離開時，天氣早已撥雲見日，抗議者都不見了。

他們上車離開後，當地林業局的長官試著解釋了事情的原委，這區域的民情本來就比較剛烈，總是惹麻煩。他們的農田都有下放補償金，甚至還獲得了優先購買新住宅的機會，開發案整體質感可是頂尖水準：開放式的寬敞廚房、花園，甚至還有專屬幼稚園。這位長官說：「生活會更好的，他們總會習慣、總會看見改變的。」

朱鋒沒有注意他在說什麼，一行人已經踏上歸途，他打開手機不斷急切地按著**重新整理**鍵，直到終於能夠連上網路為止，才發現股市大盤居然跌了六個百分點。

他的心臟不可置信地砰砰跳動，昨天股市下跌，前天股市也下跌，這三天都在跌，已經把他過去兩季的帳面獲利都抵銷了。這一切太不合理，他呆呆地望向窗外。

他嘗試說服自己，**固**然市場有漲有跌，他不是笨蛋，連這點道理都不懂，但重點是政府決不會放任股市下跌。這個情況三年前曾經發生過，至今仍是大家茶餘飯後的談資，那一次股市硬生生跌了四十多個百分點，大家都十分恐慌，想要趕快脫手手上的股票。但接著政府要求國內前百大的公司買回股票，不斷地出手救市，讓線圖平穩，最後達成了目標。市場下跌是不被允許的，政府很多事情都做不好，但讓獲利持盈保泰的部分，可絕對有一手。

時間才是最大的問題，距離老妻這季作帳的時間只剩下兩週了。老妻天天下午都在買醉，工作能力十分差勁，但如果有十萬元不翼而飛，就連他也必定會注意到。兩個星期，總共有四天週末，好，就等於還有十天。

朱鋒那天晚上早早就回去旅館，跟同事說他不吃晚餐，因為身體不太舒服。他睡著的時候開著燈，大清早就醒了，頭沉得不行。那天早上，他先是跟同事參加了公辦的土壤修復研討會，舉辦活動的會議室很通風，與會的官員有幾十個人，托盤上供應了帶紅豆餡的乾麵包，還有一杯杯隱約有金屬味的茶。水不夠燙，茶葉飄著還沒沉澱，卡進他的牙縫裡。每隔幾分鐘，朱鋒就檢查一下他的手機，他看見股市居然又跌了五個百分點。

他發訊息問小李：「**你有沒有看到？**」

「**至少你的金額不會賠太多，我爸都快抓狂了，哈哈。**」小李回他。

「**是發生什麼事？**」

「**不知道。**」小李答。

這完全沒道理，朱鋒想破了頭都沒個頭緒，這怎麼可能，他甚至不知道究竟發生了什麼事，好像一匹徐行的馴馬，突然之間那釘了鐵的馬蹄暴跳如雷，露出一口尖利的黃牙，似乎在說著：「**我盯上你了。**」

朱鋒的電話半小時後亮了起來，是小李發來的訊息，這次分享了父親朋友的消息，說大崩盤只是暫時的，政府隨時會介入。

「**你怎麼看？**」

「**坐穩，別擔心。**」小李這麼說。

心中的大石放下，輕鬆感淹沒了他，但只持續了幾分鐘，焦慮感又漸漸蠶食了他短暫的心安。他仍然壓抑不住自己的念頭，就算市場回復正常，很有可能賺到的錢都還回去了。這麼長一段時間，承受了好幾個月的風險以及期望，還真是倒楣。前面有一位長官在照本宣科，朱鋒看見坐在自己對面的男人已經趴下來睡著了，隔幾個座位遠的女子則興沖沖地挖著鼻孔。

朱鋒突然有了一個新想法，他起身離開會議室，到大廳邊的洗手間打電話給朋友：「如果政府要介入的話，現在正是好買點。」他說話時對自己的洞見相當滿意。

「有可能。」小李說話的聲音像是沒睡醒，朱鋒猜想他昨晚應該在熬夜製作自創的應用程式。

「我想再進場。」朱鋒果斷地說：「借我點錢吧，兄弟，可以嗎？」

小李那拖長的語氣又來了：「又要借？多少錢？」

「一萬五。」朱鋒鼓起勇氣說，帶著幾分期盼。

小李悶哼了一聲。

「拜託啦。」朱鋒說，小李表明了他的不悅，但朱鋒這次可是玩真的。他們不是好朋友嗎？他上次不也還他錢了嗎？給自己朋友一個機會嘛，就只要幫這個忙就好了。一萬也好，他很快就會還錢的。他又補了一句：「不是每個人都這麼幸運，有富爸爸耶。」

這句話的酸度已經超標，不可能再加以掩飾，他一出口就後悔了，只好再補一句：「我會還錢的。」

「隨便。」小李說。

回到會議室中，朱鋒把手機半掩在桌子下面，等了幾分鐘小李才把錢轉過來，接著他馬上就按了好幾次「買入」、「買入」、「買入」。看見新的股票代號出現在自己的戶頭後，他試著接續跟小李的對話來轉換情緒。

回程的火車上，朱鋒滿懷期待地繼續刷新自己的手機網頁，等著市場反彈，但股市卻繼續跌跌不休。隔天他中餐和晚餐都在辦公室街角麵攤黏答答的桌子上吃牛肉麵，牛肉代表乳牛、牛肉代表公牛、代表了牛市。他整個星期都穿著同一條招財紅內褲，等著政府干預市場，但每次他打開手機看盤軟體，行情一去不復返，總是固執地繼續下探，跌得更多更凶。

他發訊息跟小李說他已經回來了，但沒有得到回覆。有好幾次他動手寫訊息給他，開頭總是「**你爸朋友不是說**」，然後便轉念刪除。朱鋒感覺很孤單，在家裡父親的紅嘴鳥總是叫個不停，於是只好戴著耳機躲在房間裡。

全國各地的投資者怒氣沖天，但他們又能做什麼呢？政府發行的報章雜誌不再歌頌鼓吹投資市場上揚，反而在後面的版位言簡意賅地報導滑落的幅度。還有一些刊物刊登社論點評過度貪婪的投資人導致股價高升：**不理性投資行為**、**市場小道消息充斥**，這些人的說法是：「**需要修正**。」

對朱鋒來說，時間收縮成一個節點，在日曆上有那麼一個小小的方格，代表了這一季的結算日，政府的帳目要清算了。不管他怎麼力挽狂瀾，日子都過得飛快，不留情面地繼續向前。如果股市繼續下跌的話，他知道認賠賣出可能是最明智的做法，那然後呢？如果他賣掉股票的話，他再也沒有追回損失的機會了，他現在可已經虧了十五萬元。

他開始跟同事東借西借一些小錢，雖然數目不大，但借到一些是一些。他甚至還試著把最近買的一部分衣服帶回服飾店退貨，但店員都一副嗤之以鼻的表情，搖頭拒絕。

還有七天，股市微微上漲了一些，但隔天又崩盤了。隔天一早（也就是剩下五天時），又一晚徹夜未眠之後，他知道是時候該放下面子了，於是他寫訊息給小李：「**兄弟，對不起。我惹禍上身了，你還在嗎？**」

發出訊息之後，他感覺自己胃裡打的結鬆了開來，小李聽到他做的事一定會嚇個半死，可能還對於他上次進場耿耿於懷，但他已經盡力了。他試圖說服自己小李就是那種個性的朋友，搞不好還會認同他豁出去的計畫。他們六歲的時候，曾經從李媽媽的皮包偷了一百元，他們一起拿這筆錢每天買汽水喝了整整一年，同學們都好生嫉妒，這段回憶讓朱鋒不禁微笑起來。

他在床上又躺了一小時，耳朵聽著隔著一道牆的電視肥皂劇，一邊等小李回訊息。今天星期六，他不用上班，於是朱鋒打電話過去，一次、兩次、三次，每一次聽筒都傳來一陣嘻哈音樂注滿他的耳朵，這個鈴聲他記得，是兩個人去年夏天一起買的。

小李終於回了，但卻有一種心不在焉的感覺，他跟女友正在機場，準備去國外度一星期的假，訊息只有短短一句：「**回來再跟你聊。**」

＊＊＊

朱鋒頓時一陣失落，他又試著撥了通電話，但小李已經把手機關機了。他下床的時候覺得四肢沉重，宛若待罪之人一般，脫下衣物然後去沖澡。站在蓮蓬頭下，他心裡湧起一陣類似鄉愁的感覺，於是他坐了下來，任水流拍打著他的頭頂。

他就這樣坐著，頭靠在膝蓋上整個人縮起來，君玲拍了拍廁所的門，問他：「沒事吧？」

「沒事。」

「我要上班。」她說。

他把水關起來，然後擦乾身體，離開浴室時伴隨著一陣熱風竄出。他的母親身穿醫院的工作服，皺了皺眉頭，就如同她早上背特別疼時會有的表情。她推開門走進去，然後把它關上。

君玲離開後，朱鋒決定去散散步，總之想要離開家裡就對了。他走出戶外，經過他父親帶鳥散步的公園，那群同好已經來了幾個人，睥睨著棋盤上的動靜，鳥籠則掛在樹上。他經過了從小就開在那個地方的藥局，現在已經換上新招牌、易主給新的老闆。他又經過了一間水果攤，退休的老人家正在挑選折價堆裡已經慢慢枯黃的綠葉蔬菜。

他決定了，今晚就跟爸媽說。他會解釋他最近做了什麼，講清楚他怎麼把政府的錢虧掉的，然後看看他們能幫上什麼忙，畢竟他們總歸是他的父母。每隔幾分鐘他就有股衝動打開手機，想要看看股市的情況，才猛然想起今天是週六，因為沒有開盤而如釋重負，他繼續走著。

他經過了公車站、幾座摩天高樓、美髮沙龍、寵物店。他挺起肩膀然後繼續往南邊走，過了一個半小時後他來到了市中心鬧區，一開始他想停下腳步，或許可以進去幾間店裡逛逛，但他沒有這麼做，而是繼續向前走。這帶給他某種興奮的異樣感受，感覺自己可以永遠這麼走下去，腳完全沒有感受到乏力的跡象。往西邊看過去，他可以看到白色的高塔，小李家現在就住在那一區，但他還是保持直線前進，越過城市往山坡走去。

他一直到天黑才回家，博洋在客廳裡看電視，螢幕上的廣告剛切成昂貴的酒品。瓶身是藍色的，被詭異的光線包圍著，在螢幕上旋轉著，旁邊傳來男性低沉的旁白嗓音：「陳年淬鍊，中國精品。」

朱鋒可以聽見從廚房傳來炒菜油在鍋中嘶嘶的聲響，母親正在拌炒油亮亮的馬鈴薯，還加了些醋提味。她身上還穿著醫院的制服，白色的衣服，拷上了黃色的邊。這看起來實在太不尋常了，朱鋒沒忍住問她是不是出了什麼事。

「沒什麼。」母親說，一臉煩躁的樣子：「今天晚上時間很緊，好多人排了幾個小時的隊，每個人看診只能兩分鐘，才能消化掉人潮。」

朱鋒自動自發拿起大蒜開始剝，以一個護士來說母親的手不怎麼巧，視力也已經開始衰退，他發覺如果自己不幫忙處理大蒜的話，那薄薄的外膜最後就會被一起煮進菜裡。

母親從他旁邊擦身而過，想要拿檯子上的兩片魚肉，她剛才在上面撒了一整盤麵粉：「我不知道你今晚要回家吃飯。」她說話的時候看著魚軟趴趴的形狀，一臉倒胃口的樣子，然後解釋：「你跟你爸可以吃。」

君玲把魚下到裝著熱油的平底鍋，一入鍋便開始滋滋作響。朱鋒看的時候，察覺了母親袖口上的汙漬，好似是某種體液的樣子，他不禁顫動了一下。從客廳那裡，電視的亮光閃動著。

「爸今天有出門嗎？」他說。

母親加了一些辣椒片到鍋裡，另外還撒了些薑跟切碎的青蔥：「不知道。」

「猜他都待在家裡。」

她的嘴唇在把魚翻面時抿得緊緊的，然後才說：「生意不好做，他以前開計程車時景氣比較好。」

「他以前開過計程車？我怎麼不記得。」從朱鋒有記憶以來，他的父親都騎著同一台機車，喊著：「摩的、摩的。」

「那是在你出生前的事了。」

「為什麼他後來不開了？」

她沉默不語，最後才開口：「出了那件事情之後。」一邊把魚撈出來，放在淺淺的盤子裡。

「什麼事呢？」他說。

君玲假裝自己沒有聽到他說的話，感覺好像回到十歲那年的時光，好奇為什麼他的父親大白天的，卻把所有簾子都拉起來躺在床上。

「就跟我說吧。」他惱了起來：「到底是什麼大不了的事？」

「那是很久很久以前了。」

他等待著。

「那一陣子，很多學生都在抗議。」她開始切白菜，但動作十分緩慢，好像心不在焉似的。

朱鋒皺了眉頭，這不是他期待聽到的說法：「什麼抗議？」他的腦中浮現上一週抗議的村民，他們虛弱的標語、那疊傳單紙張，還有拿著棍棒的男人。

君玲說，抗議那時在全國各處遍地開花，成千上萬的學生走上街頭，談論著民主、貪腐、政治改革的議題。有一群計程車司機還有工人加入了他們，她說：「很多憤憤不平的情緒，因為有太多腐敗的政府官員了。」

朱鋒記得他聽過很久很久以前發生過這樣的事，隱隱約約想起有位歷史老師在課上淺談輒止，馬上話鋒一轉談起其它主題。他想破了頭，想回憶起更多細節，一邊問了起來：「是在市區發生的嗎？」

「對。」她邊說著，邊把幾把灰撲撲的白菜放進鍋裡：「那時真是亂得可以，他們翻倒了兩輛警車，持續了好幾天，抗議的人至少幾千個。」

很難想像，他這輩子從來沒看過這樣規模的抗議，他希望自己可以親眼目睹。

「爸也有參與嗎？」

「他那時候很不一樣。」她說，有那麼一瞬間她甚至微笑了起來：「那是不同的年代啊，人們都還有理想，現在可不是這樣。」

「之後發生了什麼事？」

母親把大蒜倒進鍋子裡，然後加了鹽巴。她沒有回話，於是他又重複了自己的問題，說：「媽，我早就不是小孩了。」她點了點頭，好像他說了句很有道理的話一樣。

報紙新聞有些報導說抗議人士全副武裝，攜有刀械與炸彈，其他人則說只是放煙火而已，警察搞錯了。群眾不斷增長，過程是平和的，但身上帶著不同的布條，要求開放投票、媒體自由，全部都是出於自願參與。不久警察就開始開槍，爬到翻覆車體上的博洋當時正在揮舞著擴音器，大腿被子彈打中。

朱鋒覺得自己一定是聽錯了，那個鎮日逗弄鳥的父親，那個被人擊垮的摩托車駕駛，居然站在警車上，拿著擴音器？

「警方說開槍只是出於警告，但還是有三個人中槍了。」君玲說，一邊拿湯匙攪拌著白菜：「他們說一切純屬意外。」

「中彈？」

「還死了一個人。」

朱鋒不知道該說什麼：「所以他就不開計程車了？」

「他們不批執照給他。」她用陳述事實的淡然口氣說：「他花了好幾年才重新站起來。」

「總之，那都是很久以前的事了。」她說，外頭的電視上正播著男士專用豪華古龍水的廣告。

她熄了鍋底的爐火，然後說：「來吧，吃飯了。」

他們吃飯時沉默無話，背景傳來嘈雜的電視聲。母親直盯著自己的餐盤看，而博洋則用眼角餘光看著螢幕上的武打演出，看起來十分套路。人在空中倒著飛，蹲馬步以及踢腿的動作倒著播放，藉此呈現反轉的效果，刀刃則一樣向後疾走，不偏不倚地落在刀鞘中。穿灰衣服的女人髮盤成髻，只能站在原地看著他們飛來飛去，發出歇斯底里的嚎叫聲，叫著：「偉元！偉元！」朱鋒知道這個節目，名字叫作**時空之鐘**，主要劇情圍繞在時間時不時會倒轉的設定上，讓所有劇中角色困惑又錯亂。不過是個愚蠢的電視節目罷了。

他不安地看著父親，開口同時想要重新喚起下午的決心：「爸，問你一下，我可以借一點錢嗎？」

父親咕噥著：「幹嘛？」

朱鋒沒有對上他的視線：「很複雜。」一邊說他又一邊想起母親在廚房裡說的話，可真是太多腐敗的官員了，頓時覺得胸口梗了起來。或許他們不需要知道整件事的來龍去脈。

「我欠朋友錢。」他說。

「你不是有工作嗎？」

「以前欠的。」他說。

「誰啊？」

「李學師。」

「你真不應該跟朋友借錢，你不知道有多難看嗎？看起來活像乞丐。」

「沒錯，我不應該借的。」他說著說著，覺得自己無力承受話中有話，想要重新理一遍話頭：「所以你能……」

父親打斷了他：「多少？」

「十五萬元。」

博洋看起來真的嚇了一跳，然後沒有快意地笑著說：「我哪來那麼多錢呢？」朱鋒等著他再多說些什麼，但這段對話就這麼結束了。

君玲丟下筷子，發出匡噹一聲：「十五萬元。」她又大聲重複了一次金額，然後看著朱鋒。他著實被她臉上的恐懼震住了，然後她問：「我不懂，你怎麼欠了這麼多錢？」

沉默擴張然後填滿了整張餐桌，朱鋒等著他們說點什麼、建議什麼，什麼都好，但卻什麼也沒有。一種空洞感席捲而來，大概是恐慌吧，他這麼懷疑，應當相去不遠，最後他悶聲說了句：「算了。」

他給自己夾了更多青菜，想要掩飾自己顫抖的雙手。他不該自找麻煩問他們的，他後悔地想，因為從他們身上根本不該期望任何東西。

多吃了幾口菜後，他把椅子推上然後離開餐桌。回到房間後他躺了下來，試著不要想起剛剛發生的事。於是他又想起了母親談起父親的過往，這故事跟養育他成人的博洋一點都對不上。他試著想像自己的父親大腿中彈的樣子，他那時想的是什麼？他那時是怎樣的人？一定更憤怒、更有生命力，他又開始想像那畫面，這次像是時空之鐘的情節，子彈往後退，從他父親的腿中抽離，腿癒合了起來、褲子破的洞也補了起來，子彈完全從彈道的反方向飛過天空，回到了發射的彈匣之中。那樣的父親可能一樣不會有錢，但有可能會比較堅強。

外頭母親正在洗碗，發出了噹啷聲。他聽見電視的聲音靜了下來，取而代之的是浴室的滴水聲，還有父母親房門關上的撞擊聲。他翻過身來，把棉被抽了起來。

再給幾天機會吧，他這麼說服自己，**只要再幾天就會沒事的**。焦慮地重新整理又如何？時間的尺度意義又何在？他還有好多天要應付，一天裡面有很多小時，小時裡有很多分鐘，分鐘裡又有很多秒，但他還年輕，有的是時間。這就是這個世界運作的法則：你不能垮掉，不能害怕。總有什麼東西會填補虧空，他這麼告訴自己，市場會回復常態的，政府會插手干預的。這個世界本就充滿了各種尚待揭曉的機會，他一邊想，一邊進入了夢鄉。他該做的，只是伸出那隻手罷了。

COUNTRY

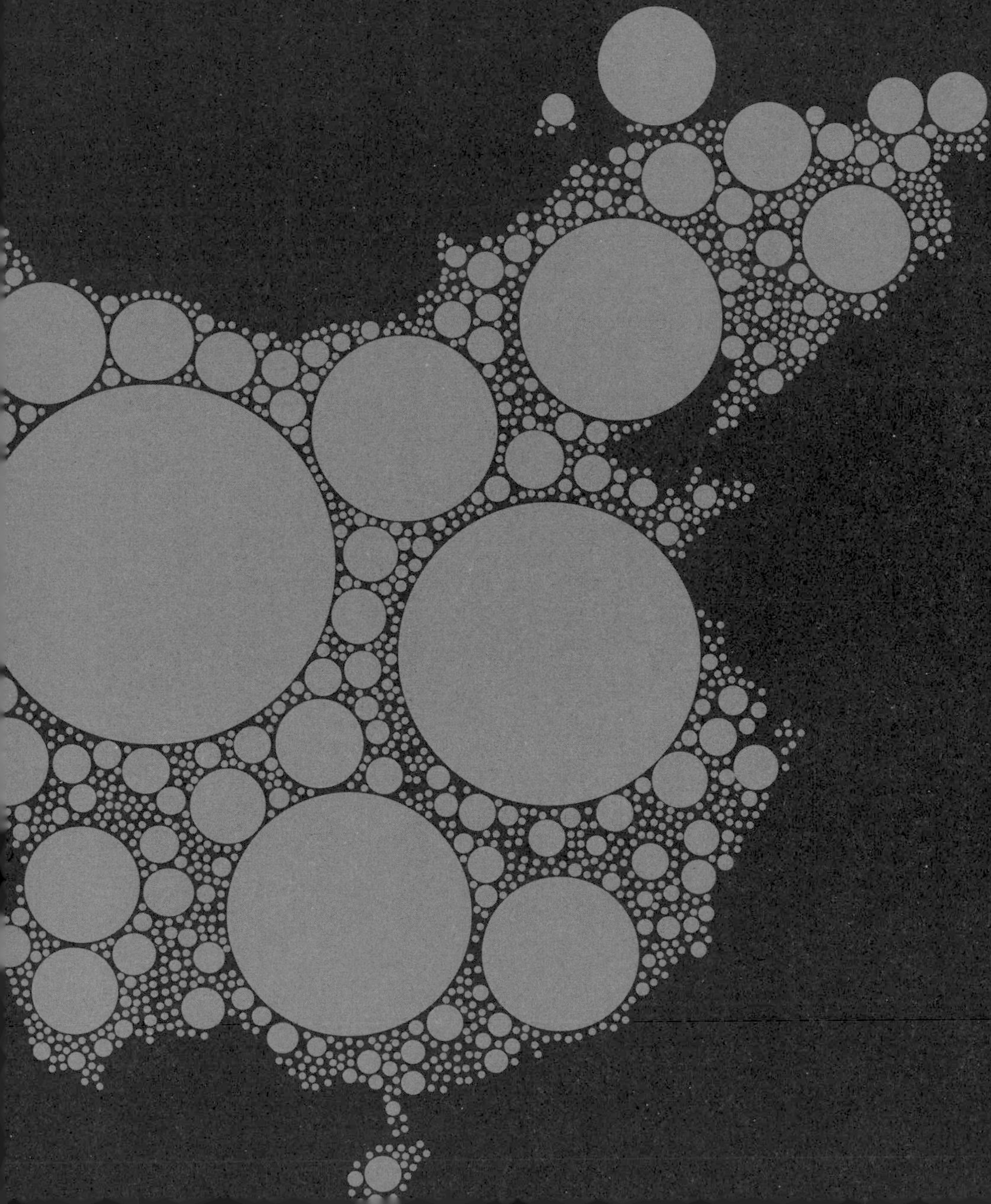

BEAUTIFUL

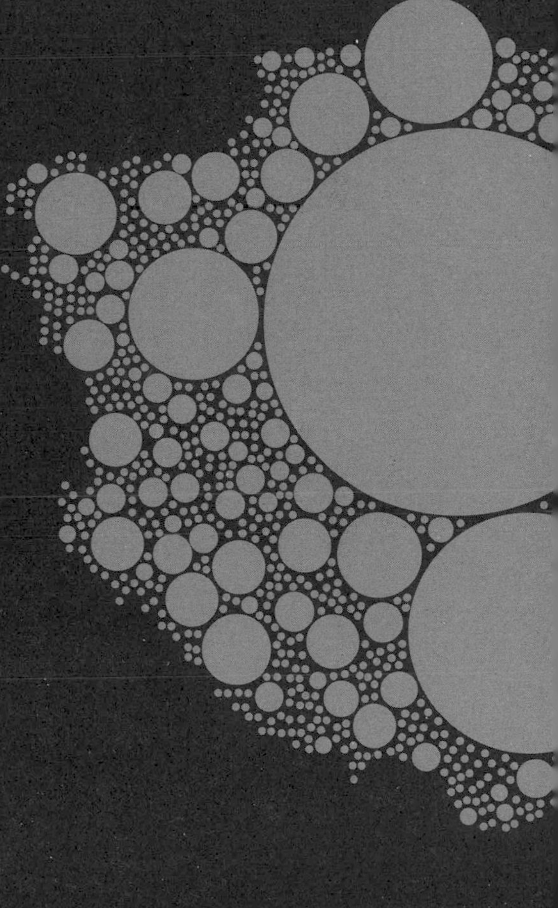

美麗的國度

我們本來開車行走在公路上，他卻因為看見了幾家有著手寫招牌的破爛攤販，便靠邊停車。艾瑞克就是無法抵抗手寫的促銷方式，不管是小朋友開的檸檬水攤位、餐酒館黑板上彎彎曲曲的字跡，還是這次看到公路旁邊的那幅標語「在地手工藝品」。

我試著不要拿起任何一條鍊子看太久，但艾瑞克還是拿了一條起來。「這可是如假包換的綠松石哦。」老闆娘一邊說，一邊幫他把鍊子套到我不甘願的手腕上。

珠子太重了，銀的部分又太閃亮，我跟他說：「不用，沒關係。」但他說：「很美。而且我們可以支持在地經濟。」無視於我的婉拒，他掏出二十元給她。

我不情願地向他道謝，他點了點頭說：「你喜歡綠松石呀。」看起來因為記得這件事沾沾自喜，我那一瞬間因為他的慷慨原諒了他。

繼續往前走，有個女人賣的東西是生皮跟羽毛編織成的捕夢網飾品。他問她有沒有推薦什麼好吃的在地美食，但她的答案卻是附近的一間速食餐館，因而臉上難掩失落之情。他問她平常會不會掛捕夢網，她猶豫了一下，才給出肯定的答案。

他買了兩條，一條給母親、一條給妹妹。由於我對自己剛拿到的手鍊興趣缺缺，出於罪惡感，又再買了一張他瞥了一眼的便宜沙畫，跟明信片差不多大小，只是用粉紅色與米色沙粒作成的簡單幾何圖案。我個人並不是特別欣賞那張畫，但我還是付錢給老闆娘，然後仔細地清點並摺好她找給我的紙鈔，放進皮夾。

我們回到車上的時候，他對我說：「注意一下，你不應該在別人面前那樣數錢。」

「怎麼了嗎？」我問他，一臉困惑。

「有點失禮。」他說，我的臉頰羞得滾燙，即使已經在這個國家住上了十多年，我還是會被抓到小辮子。

「沒事。」他和氣地說：「只是你不知道而已。」

我們的車開進公園時，幾道又長又厚重的雲，在天空刻劃出深深的痕跡。

時間已經有點晚了，樹林中的燈板發出黃澄澄的光芒。我們或許會錯過日落，我告訴他：「明天還會有的。」

他沒有答腔，卻更加用力地踩緊油門，在他隨遇而安的外表下，其實有著非常好強的個性，絕不容許失敗，尤其不願讓他愛的人失望。前兩天晚上他下班回家，整天都穿著睡衣的我在沙發上迎接他。整個星期在醫院加班，我已經精疲力竭，但還是努力用歡快的語氣跟他說：「你好俐落呀。」一邊感覺他本來漿挺的襯衫起了皺摺：「好像洋芋片。」

「你才像顆馬鈴薯。」他一邊說，一邊使勁揉了揉我的頭髮：「來吧，我帶你出門走走。」

大峽谷的樹木稜角分明，在風中搖曳。太陽已經低垂要下山了，我們的車停在一片景觀前，手緊緊牽在一起朝邊緣靠近。峽谷在我們面前一覽無遺，所有的陰影、橙色的峭壁、還有縷潔白的河水都盡在眼前。艾瑞克的臂彎圍成了一圈，作勢要把我套進去，就像捕蝴蝶的網子，我配合著笑鬧了起來。

我們身邊有戴著帽子的退休人士、帶著躁動孩子的家庭，還有講著不同語言的觀光客。我聽到了幾句華語，旁邊有輛載著年輕中國旅客的休旅車才剛停妥，但還是壓抑住自己想馬上衝過去打招呼的衝動。在曠野中開了一整天的車，遇見人群真是讓人備感輕鬆。我在想，**到底幽閉恐懼症的相反詞是什麼呢？什麼詞可以形容只有待在人群中才能感到放鬆的感覺？**

再走遠些，一名留著山羊鬍的男子拿出吉他彈奏了起來，雖然彈得不是太流暢，但歌聲非常美，感情充沛又飽滿。我抬頭對艾瑞克笑了笑，但他已別過了頭，說：「我們找個安靜點的地方吧。」

他往另一頭走去，防護欄杆就到這裡為止，我跟著他，地表是燒紅的橙色、有著崎嶇的線條。我看得見吸引了他目光的角落，一簇平坦的岩石從約莫十五公尺外的突出岩脈延展出來，底下就是陡峭的懸崖，我就知道。

「我們在這看就好了吧。」我說。

「這邊視野比較好。」他說話的時候，已經離我有四步之遙了。

我剛從護理學校畢業時，我們才剛認識不久，他便堅持要帶我去背包旅行。他說：「你一定會喜歡的。」先帶我到冰河上健行，踏出的每一步都把我嚇個半死，深怕冰層破裂，掉進冰冷的水中；接著我們又去了一條滿佈小黑蚊的登山步道，蟲多到會跑進眼睛裡。我多少還是拍了些照片傳給父母，感覺像是在宣告：「看！樹耶！你家女兒在美國享受壯麗的自然風光！」我們搬去亞利桑那州的圖森後，艾瑞克才把大部分對戶外美景的熱愛留給了自己。每年他跟好友總是約好去某個地方露營，像是猶他或科羅拉多，他會跟我說：「你應該來的，對你好處多多。」我跟他說，我早就看過樹了。

跟著他，我覺得腿已經開始軟了。隨著太陽下山，天氣感覺添了一絲涼意，我好希望自己有帶外套。

「顏色好漂亮。」他雀躍地對著我喊：「讓我想到小時候我家去化石林的經驗。」艾瑞克的爸媽當年大學畢業後，開著福斯金龜車橫越國土，後來變成偶爾會跟青春期小孩一起抽大麻的股市操盤手。他們就是那種個性的爸媽。

「樹看起來有驚嚇的感覺嗎？」我說。

他笑了笑，等我慢慢地挪過去，每一步都小心翼翼。

「看吧，沒事的。」他說。

太陽是一個像蛋黃的小點，在下沉的時候把天空的所有光明一起帶走。我們找到一塊突出的白堊岩歇歇腳，離懸崖邊大概有幾公尺遠，我深呼吸幾口氣，試著不要往下看，這裡吹不到風。他伸出手環抱著我，然後輕輕地對我說：「很漂亮對不對，寶貝。」語氣有種我只屬於他的濃烈，我點了點頭。

從這個角度看過去，峽谷被陰影籠罩，不像我之前買過三張一美元的加油站明信片，紙上的日落好似流金般壯麗。我告訴自己放輕鬆，享受當下就好了；我告訴自己今年艾瑞克會升遷，我也會換一個更好的工作，我們一定會結婚的。雖然上星期在他車上發現一個不是我的口紅盒，我告訴自己不要太擔心。交往八年裡，艾瑞克只出軌過一次，之後我們度過的日子都是快樂的。醫院裡的護士們說我很幸運，因為她們還經歷過更糟的感情關係。

「來囉。」他說，我傻了一下才意會到他在說太陽。

回到觀景台上，有輛遊覽車停在那，一大群中國觀光客下了車。我從沒在美國看過這類觀光客，年紀偏大、臉色黯沉，深深的皺紋就像是中國大城市的民工，戴著相應的紅白色帽子，隨身帶著滿滿的新鈔。再過去一些，有一群帶著大相機的俄羅斯人晃來晃去，欄杆旁有一對白金髮色的瘦高情侶正在接吻。

我們回到車上，艾瑞克搖下車窗，讓山艾的香氣溢滿車內。

「現在國家公園好多人呀。」他一邊開車一邊說：「我們小時候不是這樣的。」

我不發一語。

他說，去年春天出遊時，他跟哥們在黃石國家公園遇上塞車，塞了一個小時，因為很多車子停下來看小熊在草地上打鬧。「真是愚蠢。拜託，就別打擾牠們了吧。」他一邊說，一邊搖著頭。

我暗自想，**我就是那種對著小熊拍照拍個不停的人**。接著當他說起極限走繩還有自由攀登，我望向窗外，思索冬眠究竟是什麼感覺？睡上長長的一覺，然後在新季節甦醒，真是美好。

我們在一間人擠人的小餐館裡吃飯，桌上裝冰水的玻璃杯簡直跟拳擊手套一樣大。隔壁桌點了一杯叫鯊很大的飲料，杯中有著電光藍色的液體，上頭擠了鮮奶油，還用鯊魚軟糖點綴。

服務生過了很久都沒來點餐，我開始不耐煩，雖然艾瑞克比較喜歡用眼神交會來場高難度的默契芭蕾，但我決定自己去找他們過來。我跟她說：「我們趕時間。」雖然我們完全不趕時間，可我覺得不這樣的話，我們大概還要一小時才吃得到飯。我對很多東西都有耐性，但不包含食物。

我們吃飯的時候，艾瑞克跟我說他公司的某位主管最近才從中國出差回來：「他女朋友想要一個中國花瓶，但他沒時間購物，所以回國時就去一號碼頭買了一個給她。」

「哈哈。」我說。

去年紀念日的時候，艾瑞克第一次跟我一起去了中國。他用拙劣無比的「你好」博得我父母的歡心，還帶了一些好時巧克力棒當禮物，但沒人敢跟他說其實附近的超市早已上架好幾年了。他拍下餐廳裡的中式英文，和老人在路邊下棋的照片。雖然喜歡中國的食物，卻招認對萬里長城有點失望，因為到處都是人，他覺得比起攀登，搞不好人體衝浪還比較容易。「抱歉，我只是實話實說。」

他跟我說，但我卻覺得有的時候還不如撒點小謊。

如同醫院裡的護士們，大家都覺得他很英俊，連我都能感覺到父母的猜疑，為什麼他跟女兒在一起這麼久卻沒求婚呢？跟他開始約會後，有次我跟他說：「你長得這麼好看真是太討厭了。」雖然有一部分是因為開心，但我說「你不管做什麼大家都會原諒你」時，他並沒有反駁。

隔天早上，我們暫駐遊客中心，準備出發去健行。我把我們的水壺裝滿，然後研究起一塊標示牌，上頭解釋了沉積岩以及變質岩的差異。艾瑞克找了張地圖，又開了兩公里的車，才在步道起點停車，準備出發。我們走路的時候他吹著口哨，聲音讓我渾身不自在。

「可以別再哼嗎？」我說，他照做了。

熹微晨光裡的大峽谷看起來就像是一片童話故事的橙色、鐵鏽色、以及飄渺的藍色組成的斑斕畫。我們走的這條步道剛好沿著它的邊緣，路鋪設得十分平整，看起來相當受女性的歡迎，一路上有許多遊客以及緩步的佝僂退休老人，我們不斷地超越。我可以感到艾瑞克下定決心要超前所有人，但這實在不可能發生。步道起點的停車場已經爆滿了，我真是不明白他為什麼總是這麼執迷於獨佔大自然的風光，好像大地之母是他在派對上鎖定的女生一樣。

有那麼一瞬間，我回想起我的童年生活，那是大連，中國東北。週末時，家家戶戶都會走訪附近的公園，裡頭活力四射的攤販賣風箏和小點心，到處是尖叫的孩子還有吃完亂扔的花生殼，老人家總是莊重地散步，帶著手持收音機，外放尖聲歌唱的京劇。大家對十元的票價頗有微詞，但付出去的錢讓公園每年春天都能種滿數百株的鬱金香，雖然不是天然的，但還是很漂亮。

「搞不好今年夏天可以一起回中國。」他好像讀通了我的心思。

「我覺得不錯。」我說：「我爸媽漸漸變老了。」有時候晚上躺著睡不著時，我總會擔心他們滑倒跌跤，或是出什麼意外，離這裡可有幾千公里遠。每一次見到他們，他們的頭髮都更加花白，人看起來也比上一次脆弱。

「他們也才六十幾歲。」他說：「跟我爸媽差不多呀。」

但他父母的六十歲生活，是跟其他精力充沛的退休好友一起規劃到馬丘比丘健行，是在別人第二次結婚典禮上大跳倫巴。我父母人生的前三十年都在種田，接下來則在半導體工廠幹活，把細小的零件安裝在其他細小的零件中，直到他們的手指跟背部再也無法打直。要不是伯伯在政府作事，我根本不可能有機會到國外念書。

我本來想跟他講清楚我的想法，但就在剎那間，一位正在慢跑、體態優雅的女性經過我們。她穿著緊身的藍色運動褲、紫紅色的上衣；藍色眼睛十分透澈、一頭淡金色的頭髮。唯一透露年齡的只有她的肌膚，皺紋的位置那麼恰到好處，就好像沙漠裡的陸龜一樣。她迅速地瞥了我們一眼，眼神犀利刁鑽，倒也很像烏龜，我們馬上讓路給她，然後看了看彼此，笑了出來。

「年齡不過就是一個數字。」艾瑞克說。

那天晚上，我打電話給老友潔西卡，她即使穿著值班護理制服，也活脫脫是個雕像般的美人，可她說話的聲音是那麼低沉沙啞，像男人一樣，總讓大家大吃一驚。她好幾年前就搬走了，我可以聽見她話裡帶著緬因腔：她穿著暖呼呼的毛衣、舒適的靴子，兩個像天使一樣的孩子都已經上床睡覺，鬆了一口氣的好心情藏不住。我可是兩個孩子的教母呢！我跟她聊起此時此地繽紛的色彩，雲影總是投射不斷更迭的形狀在地貌上，就像隻緩緩移動的藍色珍獸。

「你決定原諒他了？」她說。

「沒什麼好原諒的。」我跟她說：「只是一支口紅而已。」

她說：「大峽谷很漂亮，但他是個混帳，兩件事不衝突。」

「感情關係總需要信任支撐。」我說，然後懷疑起自己那說教的口氣。聽起來好熟悉的感覺，然後才發覺我最近看多了日間脫口秀，已經不自覺搬弄起那種口吻。

我們陷入沉默，可以想像她皺眉頭的樣子，她可能用肩膀夾著電話，一邊織毛衣或是玩填字遊戲，總是忙忙碌碌，手頭一定要做些事情。艾瑞克一直都很喜歡她，我們剛到圖森的時候，她還單身，過完辛苦的一天後，我們會跟同樓層的其他女生一起出門放鬆。她會一口氣乾掉好多杯烈酒，甩動她長長的秀髮，跟酒吧裡面所有人拚酒拚到贏為止。

「你們都在一起八年了耶。」她說：「他到底在等什麼？」

我回想起我剛跟艾瑞克同居的那段日子，看見兩個人的書擺在同一個書櫃上排整齊，日用品共用一個購物袋的欣喜若狂。有次圖森下大雷雨，剛好新地毯寄來家裡，我們躺在第一個共同擁有的值錢物品上，談起我們對於未來的想像。我跟他說，我幻想我的孩子在草地上奔跑，穿著糖果色的衣服，整天拿著盒子玩沙，幼稚園老師就像小兔子般溫柔和藹。他說聽起來不錯。

「他也有可能只是下班送同事回家。」我說。

＊＊＊

吃完飯後，我們開車南下，我跟艾瑞克說「**美國**」中文的字面意思是「美麗的國家」。我跟他坦承，當我還很年輕的時候，曾幻想過這裡是一片色彩柔和的花園之地。在電視節目上看到那麼多從事平凡工作——老師或工匠——的美國人，居然都住在偌大的房子裡，草坪像是綠色的護城河一般，讓我相當震驚。

「在中國，這種房子已經可以叫做別墅了。」我說。

「我知道。」他說：「你跟我說過。」

他分心了，正在掃視地平線有沒有風雨將至的跡象，空氣開始遲滯厚重起來，就像是大雨前的徵兆。我有點希望雨下越大越好，最好淹沒道路，來場貨真價實的天氣事件，就像新聞上說的那樣。在圖森，瞬間強降雨造成的淹水就跟《聖經》寫的一樣誇張，前一秒地面還像一根枯乾的骨頭，仙人掌又瘦又乾。沒一會，雨就嘩啦啦倒了下來，那聽覺的感受，就像是憤怒的神用千顆小石子砸毀城市，街道瞬間變成一道道河流。我看過最像是末日審判的景觀莫過於此，總是讓我嘖嘖稱奇，有種解放的感受。

接著水退了，仙人掌的裂紋飽滿了起來，龜裂無影無蹤，大太陽照射著大地，又再次變回橙色的景致。美國真的很美，但亞利桑那，有時我會跟家鄉朋友說就像住在火星一樣。

我看著艾瑞克，想知道他現在在想什麼，但我沒有開口問他。我們剛開始約會時，我總是問個不停，最後他受不了，叫我別再問了。他說：「我是一個很簡單的人，你看到什麼，那就是什麼。」幾年前他第一次被我抓到跟其他女人有染的時候也是這樣，那個人是他的客戶。我跟他對質之後，他點了點頭，陳述的方式相當直接，跟我說他們上過兩次床，他覺得非常抱歉，「我希望事情沒有發生過。」他講話的方式照本宣科，好像在描述與他無涉的一件事。

外頭的雨開始下得又快又猛，他說：「我們或許該找個地方先暫停一下。」這條公路只有窄窄的兩線道，可不容許任何打滑的意外發生。他曾經跟我說過，他祖母的雙親分別在兩場車禍中逝世，因此他開車一向很小心，從少年至今始終如一。這是我喜歡他的一點，上路時態度非常謹慎，駕駛時的他總帶著一種安全感。我曾經跟潔西卡解釋過，我們一起坐在車上的時候感覺多麼開心。

她說：「是啊，感覺彼此好像更進一步。」

雨開始劈哩趴啦地落下，我們靠邊停車，想到路邊的巨型白色建築物躲一躲，上頭寫著「**耶穌拯救便宜汽油紀念品店**」。旁邊有塊停車空地，附上兩條油槍，裡頭則像是洞穴，是一家充滿香草氣息的商店。這裡有賣便宜的亞利桑那車牌磁鐵，上面有不同的男、女名字，還有寫著像是「今天有人覺得你很棒」或「沒喝咖啡，不想工作」的馬克杯。有一些玻璃盒子裡頭裝著迷你版的公仔，像是馬、牛仔、以及戴著羽毛頭冠的印第安人，都是用壓克力做成的。還有友情手環、變色心情戒指之類的小東西。出於習慣，我買了一些東西準備送給家人，都是一些容易包裝進盒子的商品，像是大峽谷的杯墊、一些山艾形狀的磁鐵，然後把上面寫著「中國製造」的小小金色貼紙撕掉。等到我一年一度的返鄉之旅成行時，我手邊剛好也積了不少五花八門的什物，現在我父母家裡已經被這些來自美國各地的奇妙紀念品大隊攻佔了。

收銀機邊幫我結帳的店員對於我買的東西頗為稱許，她一邊刷山艾磁鐵的條碼，一邊說：「我好喜歡這個哦，我總覺得呆呆的，很可愛。」

我問她是不是這邊的老闆，還稱讚了我們剛剛進來之前在店門口看到的樹。我說：「很好看。」那三棵樹有著蓬鬆的黃綠色葉子、就連樹皮都透著綠意。

「那個是葉綠素的關係。」她跟我說，樹是三年前種的，跟後面的花是同時間一起生長的。

我認真感到驚訝：「那些樹才三歲大嗎？」

她笑了笑，說：「沒錯，從小小的種子長到這麼大。」

我的反應讓她覺得很有意思，繼續跟我說：「這棵樹是亞利桑那州的州樹扁軸木，長得非常快，可以存活上百年。」

她又問我：「你是哪裡人？」我回答之後，她說：「哇，中國嗎？那是什麼樣的地方？」

這個問題曾經困擾過我，我剛來到美國的時候被問到這題，腦中總會湧起高中生活還有家庭的回憶，一時之間傻住不知道該接什麼。但我現在已經知道怎麼應對了，微笑著回答她：「遙遠的好地方，食物很美味。」

艾瑞克從我身後過來，伸手將我摟住：「她已經在這裡生活很長的時間了，我們現在住在圖森。」我知道他想讓我覺得自在，但同時對話也被硬生生打斷了。我對這個女人很有好感，灰色頭髮、園藝高手，還有拙劣但意思到位的馬克杯標語。

「哇，我一直很樂於到中國去。」女人又補了一句：「我從來沒有離開過這裡。」

我微笑著和她說：「我很喜歡亞利桑那。」這的確也是真心話，我父母親曾經來探望過我，那時我們才剛搬來這裡不久。我帶他們去商場、公園還有博物館，但他們最喜歡的還是這裡的溫暖、陽光還有廣袤的藍天。我一在這裡落地生根後，他們計劃就要搬過來。

我們頭頂上的雨聲轟隆，像在打雷一樣，講話時幾乎得刻意提高音量。雨停之際，天空將煥發金光，然後轉紫，迎來正宗的亞利桑那式日落。我們工作的醫院七樓有一間休息室，可以一覽無遺群山景色，正好面朝西邊。癌症病人喜歡在日落時分過去那裡，身上還掛著點滴。因為太美麗了，有時那些已經康復的人走完療程後還會回來看看。

大約四點鐘的時候，找地方躲雨的人開始絡繹不絕，很快老闆娘便開始忙於招呼新來的客人。她拿出插電式暖爐還有咖啡壺，所有突然下山的觀光客還有卡車司機讓她臉都紅了起來。客人們轉動著明信片旋轉架，望著一排排彩繪過的許願蠟燭。她不斷說著：「哇，歡迎，還真是風暴來襲。」

我晃來晃去想找艾瑞克，手上拿著兩杯咖啡。我在店的另一頭找到他，那裡留了一塊空間鋪上綠色地毯，看起來就像一個小教堂，擺了六張木頭長椅以及一張空蕩蕩的講壇桌。其中一角有一架鋼琴，還有一串看起來像真正象牙打造的鑰匙。

「剛剛找不到你。」我說，然後慢慢移步坐上其中一張椅子。

他拿走一杯咖啡，沒有正眼看我：「我們應該不久就能上路繼續移動了。」

「不急。」我跟他說：「老闆娘有一些餅乾，她說等一下會拿出來分給大家。她看到這麼多人來很高興。」

屋頂在房子這一頭往下傾斜，這邊的雨聽起來沒那麼吵，滴答不休輕柔許多、反倒有種感官美。我握著咖啡杯，讓緊貼的手指可以跟著暖和起來，然後把頭靠在艾瑞克的肩膀上。他的眼睛還是往前直視，好像那裡有牧師在講道一樣。然後他摟起我，隨意地撥動一綹我的髮絲。

「老闆娘說門口前的樹只花了三年就長成這樣，不覺得很神奇嗎？」我跟他說。

他也這麼覺得。

我們安靜了片刻，一起聽著雨聲。我可以聽見背後的孩子們正在歡笑嬉鬧，就好像進行到一半的派對。我往後朝櫃台偷瞄了一眼，一個戴著棒球帽的大塊頭男人買了其中一個裝飾用的辣椒罐頭以及焦糖爆米花，正大聲吆喝大家都來嘗嘗味道。站在他旁邊的女人想必是他的太太，正在搖頭大翻白眼。遠遠地傳來轟隆的雷聲，大夥不禁驚呼了一聲，但卻出於欣喜感恩之情，因為那是外頭的事，跟躲在裡面的所有人無關。

我轉頭看著門口附近的人，板凳的木頭並不好坐，但艾瑞克看起來沒有想要移動的意思。

「這次玩得真開心。」我最後擠了一句話出來，不知道該不該跟他提起口紅的事。

他點了點頭，親了親我的額頭，然後又往肩膀上種了一個吻。木椅上還放著一落軟皮裝聖經，我想像著這裡寧靜的週六是什麼樣子，舉辦禮拜會，傳遞著平和的感覺。有的時候在癌症病房我也會唸幾句禱告文，有些是從醫院牧師那學來的，有些是從病人那裡得知的。「**神啊，求祢賜我寧靜的心，去接受我所不能改變的事**」是其中一句，有一陣子我念給病人聽，後來才有人跟我說那是戒酒會的禱告文。

我握起艾瑞克的手，細細端詳起來，他輕輕地握著我的手指，感覺很溫暖。我已經認識這個男人好久，比我認識的大部分人都要久，我想起我們共享的無數頓飯、一起坐過的車、還有我們已經擺在一起的牙刷，已經快十年了。他的確有軟弱的地方，同時卻也體貼又溫柔，在這樣的時光裡，我告訴自己，一切已經足夠了。

雨又下了一陣子，然後倏地弱了下來。我們準備起身離開前，艾瑞克用他那線條十分好看的下巴比了比小教堂的前面，用心滿意足的語氣說：「親愛的，我們有一天也會站在這的。」

他說這句話的語氣，就像是在看地平線上美麗的夕陽，我答應他，一點也不猶豫。

U SPIRIT

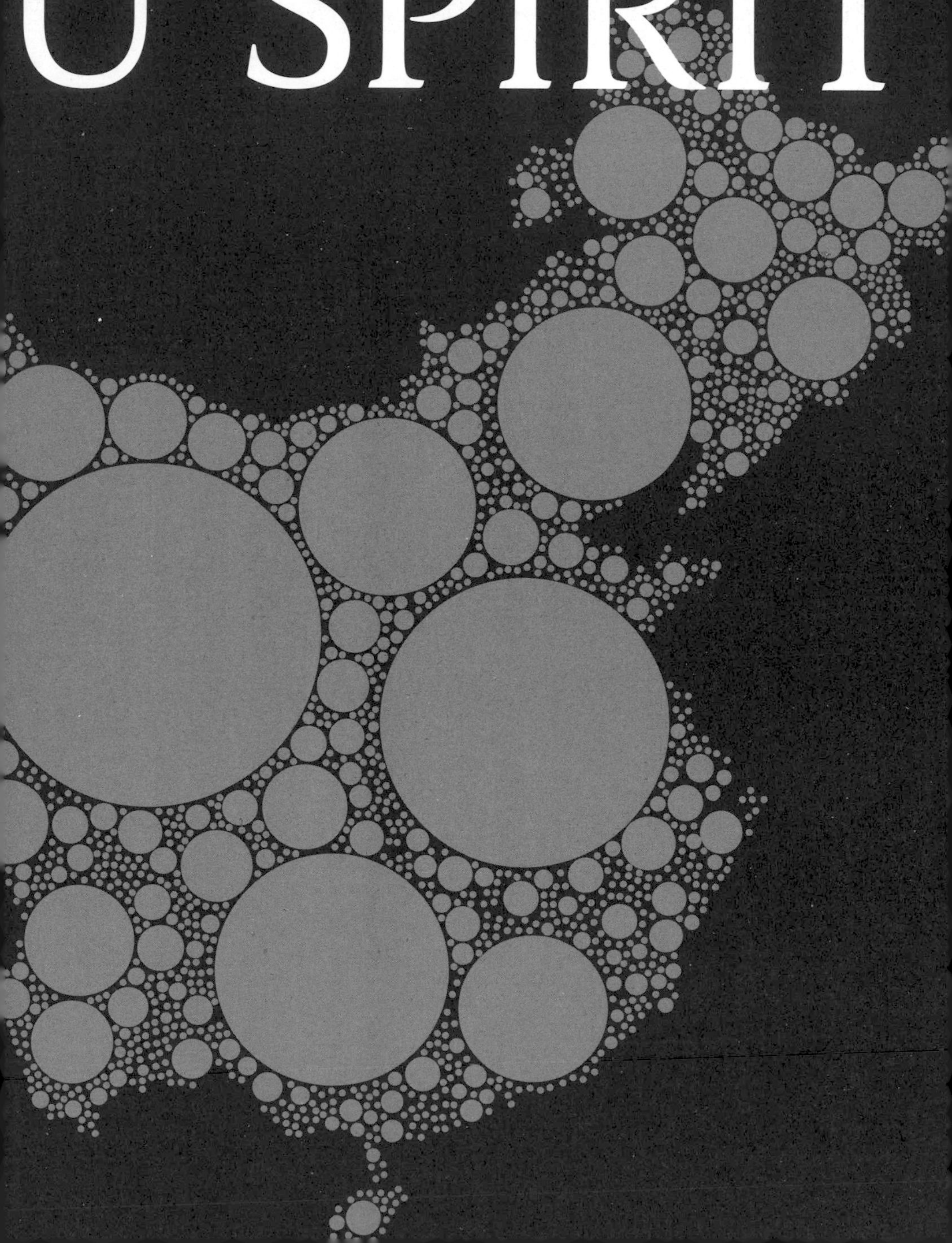

GUBEIKO

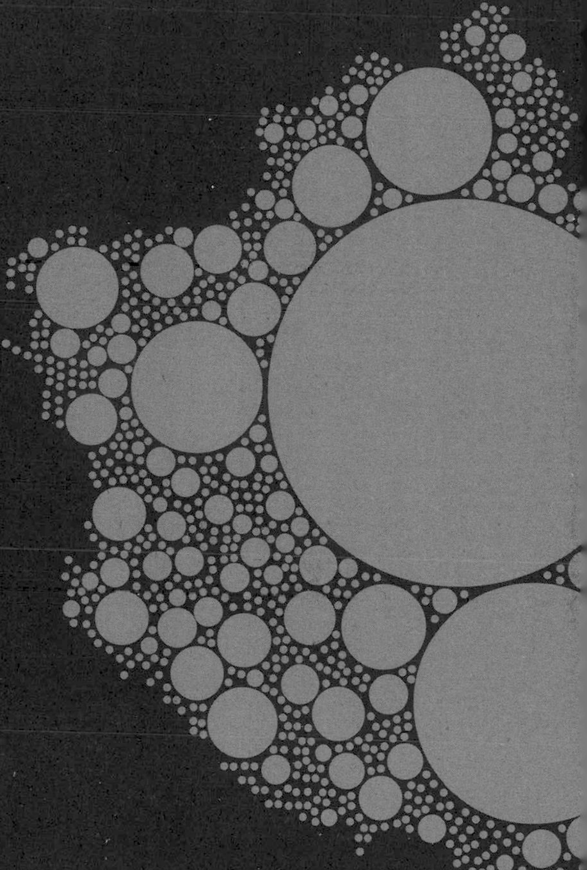

古北口精神

潘用最快的速度闖進了古北口車站，在人群裡橫衝直撞，手還死死地壓著皮包。遲到了，她的父親肯定等得不耐煩，很有可能已經開始晃來晃去，她必須回家，一定得趕上這班車。她在人龍的末尾停下，警衛懶洋洋地揮動交通指揮棒，正好擋在她的保暖大衣前，一左一右，讓她不得不慢下來。「我在趕時間。」她哀怨地說。

下樓時，她快步踩過太淺的台階，再閃過迎面而來往反方向的人山人海，每個人都緊抓著自己的包包不放。她喊著：「借過！」，但已經五點鐘了，正是古北口最擁擠的時刻，列車到站竄出了更多要走向出口的人群，她被洶湧的人潮向後推到了牆角。

等到她下完樓梯時，車門已經關了，更正確地說，早就離開了車站。

沒關係，潘想著，那不如就搭下一班吧。她往一張椅子靠了過去坐下來，欲速則不達，她告誡著自己。今天她在收銀時找錯錢，落了二十塊得要自己吸收。她還是個孩子的時候，家裡人就給她取了個外號叫「**然後呢**」，因為她從小就問「然後呢？」問個不停。

「我買了些蔥回來。」比方她母親這樣說。
「然後呢？」
「我要來煮點湯。」
「然後呢？」
「然後我們一起把它吃掉。」
「然後呢？」
「然後你就要上床睡覺，別再問問題啦。」

火車站人擠人，有個燙頭髮的中年婦女坐在她旁邊，撥弄著皮包釦。他們對面則是一張黃色的廣告，上頭有隻咧著嘴的傑克羅素㹴犬，正跳起來試圖抓住像是地球的球體。那球太大了，潘懷疑狗根本沒辦法抓住它，而只會毫髮無傷地從牠的鼻子彈開。

又過了十分鐘，才接著傳來廣播：「各位乘客，下一班列車將會延後進站，感謝您的理解。」

這列車可真讓人驚豔，才剛剛上路兩年，擁有尖端科技的配備。車門轉開時就像一張高歌的嘴巴，同時發出歡快的鐘鳴聲，在二十秒後分毫不差地關上車門。已經有二十六條路線完工了，還有其它十條正在興建中，世界上沒有其他地方可以蓋地鐵蓋得那麼快。

已經半小時過去，人潮漸漸湧入，像無頭蒼蠅般亂竄，每個人都面露不悅、裹在厚重的外套中。每隔大約十分鐘，廣播員就會重新複誦一次：「各位乘客，下一班列車將會延後進站，感謝您的理解。」

兩位年輕男孩解下外套鋪在地板坐了上去，其它人紛紛開始跟進，越來越多人依樣畫葫蘆，都坐到地上。

潘的腳開始麻了起來，扭了扭自己粉紅靴子裡受寒的腳趾。她注意到已經好一陣子沒有人進站了，他們應該叫乘客打消念頭別進來了。

月台有一名穿著亮藍色外套的男人，率先發難想要離開。怒氣衝天的他帶領了五六個通勤旅客往樓梯回頭走，對著通道門砰砰拍打，鋼製通道門上頭有著錘印的霧面，紋風不動。

其中一名警衛肯定是找了把梯子，因為突然間他的臉跟身體冒了一截出來，從障礙物後方往裡頭掃視。

「我們很快就會讓列車復駛的。」他好聲好氣地說。大夥的怒吼此起彼落，他同情地點了點頭。「我理解。」他說：「大家都累了，我也累了。你們想回家好好吃頓飯、休息一下，我也是。請保持耐心，我們會一起抵達目的地的。」

然後他舞動起自己的臀部，惹得大家一陣哄笑。自從地鐵系統營運以來，政府聘請了許多年輕貌美的女子隊伍，讓她們穿上緊身的裙子，跟胸前綁著紅色帶子的襯衣，上頭寫著「**列車女神，為人民服務**」。每當尖峰時刻，她們會站在月台上扭動屁股，唱著千篇一律的歌曲：

「**謝謝您的合作，請排隊、別推擠**
做個文明的旅客，為自己好、也為別人安全
我們一同抵達目的地。」

潘可笑不出來，父親還在家裡等著她回去煮晚餐，現在他應該在客廳裡焦急地來回踱步，她沒關電視，希望整個下午可以讓他有所消遣。但他最喜歡的節目一小時前就結束了，誰知道他接下來要做什麼呢？點起暖爐？還是不斷地拿頭撞牆？

她拿出地鐵卡，對著門揮舞，門上頭閃現了紅色的 X。「讓我們離開！」她怒吼著，但警衛的臉早就消失了。

那天晚上他們小心保持彼此的距離睡在外套上，每個人用報紙鋪的範圍成了一座座孤島，頭則用提袋枕著。燈沒有熄過，有個小寶寶整晚發出尖銳的呼聲，但卻沒有哭出來。他們實在沒有管道跟外界聯繫，但在地道西邊最底端廁所佔到一塊地的潘還是盯著手機的動靜，看著時間從 11:10 跳到 4:30，再變成 6:32。一想到父親，她的胃便焦慮地糾結在一起，或許哪位鄰居會留步看一看他的狀況，她猜想著，畢竟同樣的事之前也發生過。

早上八點鐘的時候，兩名警衛又出現了，這次從旁邊寫著「員工專用」的小門走出來，門整夜都是鎖死的。第一位警衛推著推車，上面堆滿泡麵以及裝滿熱水的大熱水壺。每個人都分到了一個碗、一枝牙刷、還有一小塊肥皂，裝在小小的袋子裡，上面印著白色的大字：「**人道援助**」。

「維修還在趕工。」他簡短扼要地說明。

有位男人站起身，他穿著髒兮兮又有反光條的工作服，看起來應該是清掃大街的清潔員，對這個說法很不滿意，高聲反擊了起來：「你不能這樣搞我們，我們還有事情要做呢。快放我們離開！」

第一名警衛遺憾地搖了搖頭：「乘客下車的車站，必須跟上車的車站不同才行。規則手冊裡都有寫。」

第二名警衛則往前貼了一張紙，上頭用列印的字體寫著：「**由於發生技術故障，古北口車站的列車將會延誤。我們保證會將乘客送達目的地，感謝您的配合。**」其中的一角押上了紅色的戳章。

「讓我們跟你一起出去。」另一位男人說，指著兩個人剛才走進來的門，而第三名警衛則推了下一台車進來。

「沒辦法的。」第一名警衛說，他拍了拍「**員工專用**」的牌子，然後開始擺出放著塑膠餐具、毛巾還有餐巾紙的托盤。其餘的乘客聚集在一起，追問好多問題不放：還要多久？到底是怎麼回事，能不能說更清楚？他們的車錢可以退款嗎？

但他們千篇一律只回答一句：「我們會將您送到目的地。」他們會給大家的至親摯愛捎去訊息，也會確保大家工作的單位都有收到通知。

有名青少年往門衝了過去，第二個警衛拿出電擊棒應對，先是揮舞一圈，然後就朝著他招呼過去，年輕的男人就這麼倒在地上，低聲地哀嚎起來。

「看你逼我做了什麼？」警衛生氣地說。

不過花了幾分鐘，幾個男人就在月台的一邊搭起小小的補給站，上頭準備好充足的豆漿、餅乾、泡麵、圖畫書、鉛筆、還有一疊疊觸感粗糙的黃色毯子。「感謝各位的配合。」離開前他們還向群眾說：「我們很快就會送各位上路。」

那天有兩名青少年想要翻過地鐵的閘門，但馬上就被站在外頭的警衛喝斥，透過縫隙只能隱隱約約看見他們揮動著電擊棒。「下去！」他們大聲喝斥，對寫著「禁止攀爬」的標語比劃著。

潘跟其他人試著站在入口旁邊，不斷怒吼著：「讓我們出去！」他們製造的混亂讓他們感受到暫時的解放，卻也帶了幾分恐懼。潘想起了祖母，她去世的前幾年也變得像這樣，解放所有壓抑的人格。她會在超市裡脫褲子，直接當著鄰居的面罵他們邋遢。整個抗爭讓潘的頭好痛，而警衛的不為所動，最後也讓大家團結的力量慢慢弱了下來。

第二天列車還是沒有來，大家可說是困惑得不行。站內廣播還是說著一樣的台詞：「下班列車將會延後到站，謝謝您的諒解。」

「快來了。」旅客們交頭接耳著：「一定很快就好了。」或許是哪個零件需要叫貨，有些人想起來列車是在德國製造的，德國送零件過來要多久呢？

第三天的時候，穿著藍色大衣的男人走進了隧道中。「我們也該這麼做。」一名叫阿俊的男人說。他在鞋子外面綁了塑膠袋，隧道裡頭相當潮溼，晚上他們可以聽到水滴聲。

阿俊出發時，潘對他喊了聲：「加油！」她喜歡他站在月台諦聽火車將至的聲響，連續好幾個小時那臀部削瘦的樣子、也喜歡他幫忙撿起散落一地的泡麵蓋子，吃完飯後把他們一個個疊好的模樣。他不是都市人，他說話的方式像是快活的歌唱，從西部來的人說話都像那樣。

當大家幾乎要放棄等他回來的時候，手臉滿是髒汙的他又出現了。他說隧道通往四面八方，綿延長達數公里，途中只有幽幽的燈光照著，自己甚至還迷路了。他說，軌道的鋪設方式讓人完全迷失方向，有些隧道只打通到一半，看起來像是蓋到一半就廢棄，還有些隧道根本就不會通往任何地方。

隔天他還是決定再挑戰一次，這次帶了一袋大家的垃圾走，用來標記自己試過的方向。他開始每天都會消失幾小時，有的時候年輕男孩會跟他一起去。

「一定有地方可以出去的。」他說。

警衛們感受到管束對象的不滿，因此推了一台電視機進來，早上播放卡通，下午播放體育節目與戲劇，每天晚上則播出晚間新聞：北方受到冬季沙塵暴的侵襲，電話詐騙的惡質招數層出不窮，各位居民最好保持警惕。

他們就這樣不安地陷入了全新的生活中。早上有位女士開始帶大家做早操，聲音從迷你的電晶體收音機中傳來，是其中一個警衛給的。孩子們花上好幾個小時，在月台一頭的長凳旁追趕跑跳，好像不管怎麼玩都不會累。下午的時候大人們會相聚談天、看看電視，或是打個盹。

晚上的時候潘聽見低聲傾訴的情話，是從睡在一段距離外的年輕情侶那傳來的。不同於其他人，這兩人看起來無比心滿意足，他們晚睡好幾個小時一起吃泡麵，在黑暗中看著閃動的電視，把書包丟到了另一邊。有的時候潘會伸手摸摸紙板小洞窟的天花板，是她幫自己搭的，這樣起碼有點隱私，還在內面蓋上了幾顆星星的圖案。

她也給阿俊做了一個，小心翼翼地摺著紙板然後黏起來。「你不用在上面畫畫。」阿俊說，她點了點頭，害羞了起來。

有天早上，一聲喊叫響徹了整個車站，有人看到了一名建築工的那疊毯子下面閃過一道顏色，原來他在睡覺的被子下藏著一大堆拉麵。大家把他的床翻開，這才發現裡面塞了好幾十碗。

「自私！」燙過頭髮的中年女士怒斥：「你有想過其他人也要吃飯嗎？」

「給我起來！跟大家道歉！」

最後整群人進行投票，讓一名退休教授來管理拉麵的去向。補給站上貼上了新豎立的標語：「**禁止營私，只取所需。**」當天下午（很多人開始用懷疑的眼光看教授）舉行了第二次投票，大家決定以每天發放拉麵票來當作替代方案。這個做法持續了好幾天，直到警衛開始多帶幾箱麵進來，因為無論如何都有剩，大家便不再堅持下去。

潘想起了她第一次搭乘火車的經驗，那是十三年前與媽媽的往事了，之後她就因為胃癌過世。她的父親也生過一樣的病，是在出意外之前，後來他的頭腦就不清楚了。她那年十歲，她們出發去南方看遠近馳名的喀斯特石灰岩地形。火車是一輛綠色的龐然巨物，乘載了他們好幾個小時，到達的時候空氣又熱又濕，山丘上充滿了綠葉。之後她才知道母親那時已經病了，這是一場最後的告別之旅。

時光飛逝，晚上小寶寶哭了，阿俊越來越少到隧道裡探險，跟其他人一樣，開始白天睡長長的覺。「列車什麼時候才會來？」他們每天早上問警衛，而警衛則千篇一律地回答：「我們會一起抵達目的地。」就好像暴躁的藥劑師只有一方藥可以開。帶操的女人停止帶領早上的團體運動，因為她感冒了，她很肯定隧道裡的溼氣就是罪魁禍首。

過了兩個星期後的某天下午，事情突然有了轉機。空氣突然動了起來，一陣風吹進了車站，急急湧進的噪音越來越大聲。

其中一名小孩大叫：「是列車！」立刻跳起來往月台邊衝。

「小心呀！」她的母親警告她：「別跑！」

其他人也紛紛大呼小叫了起來：「列車來了，列車來了！」幾個躺在地板上睡午覺的旅客胡亂找尋著自己的眼鏡，個個都站了起來。

阿俊已經來到月台尾端等待著，往隧道裡頭凝視著，潘跑過去加入他：「看到了嗎？」

「看到了。」

光線越來越強，穿過隧道內凝重的空氣奔騰而至。人群排排站到他們身旁，也伸著頭看。燈光越來越逼近，還聽到了鳴笛聲，列車進站時卻仍然快速地移動著。大家可以看見車廂裡頭空無一人，那一瞬間有些遲了，但大家已經意會到列車不會減速，不會停靠。

列車離站後，陷入茫然的大家坐在一起，想要勸慰身邊的人，交頭接耳說著：「下次就會停了」、「總是好兆頭嘛」之類的話語。

過沒多久，「列車女神」的歌曲從播音系統傳了出來。

「謝謝您的合作，請排隊、別推擠

做個文明的旅客，為自己好、也為別人安全

我們一……」。

廣播突然就被切斷了，好像剛下的指令馬上被撤銷一樣。

潘之後躺在床上的時候，突然想到阿俊小心翼翼留下的垃圾指標，可能已經被不停的列車打亂了。沒關係，她這麼告訴自己，目前為止他間間斷斷的搜尋之旅也沒有什麼成果，她甚至懷疑他的出走不過就只是想換取一些獨處的時光，有兩次當青少年想加入他，他都不理不睬的。

日子的流逝令他們漸漸麻木，潘跟其他人一樣老是賴在床上起不來。從前漫長的歲月裡，她必須為了工作久站；無數的漫漫長夜中，她必須照料父親，這麼多年以來，她第一次可以一次睡上十二、十三小時。太奢侈、太陶醉，有的時候光是要逼自己起床，想一想自己到底要的是什麼，都已經太費力。

「一定發生了什麼嚴重的問題。」受困接近一個月後的某天早上，潘一邊慢慢攪著自己的泡麵，一邊跟一夥人這麼說：「我們要是不做點什麼，是絕對不可能出去的。」

「這只是機械故障。」有個曾在冶煉廠工作過的男人這麼說，他每天晚上打呼都很大聲：「有點耐心吧。」

阿俊反駁：「什麼耐心？都已經好幾個禮拜了。」

「你在外頭又有什麼事好做？」燙了頭髮的女士這麼說，她的口吻有些風騷，阿俊的臉漲紅了起來。的確沒有老婆或孩子在外頭等他，不像其他某些乘客。他在工廠也不會被同事掛念，崗位就是叫另外一個人補上，如此而已。

「這裡倒也沒那麼壞嘛。」有個做老師的女士感覺到他的不悅，於是說：「他們很照顧我們呢。」

從一開始，警衛就帶了被褥、摺疊桌椅、還有枕頭過來；他們補上了更多台電視機進來，飲食方面還多供應了簡單的盒餐，像是蒸饅頭、三明治、或是炒麵之類的選擇。不僅提供毛巾，還有一套網球組，小孩們可以拿一大堆紙跟著色筆、寫字筆玩。除此之外，還有好幾箱書跟影片，他們還需要什麼其他東西呢？

「這不是重點。」潘說。

「那什麼是重點？」退休教授說，口氣好像是真心誠意地感到好奇，好像她是上課時提出饒富趣味的學術問題的學生。

潘盯著他看，但真的不知道有什麼好說的。

「我已經好幾年沒有這樣好好休息過了。」右手邊的一個男人說，聚在一旁的人有幾個笑了，好像他是在開玩笑一樣。

「你不覺得難過嗎？」潘說，想聽聽他們怎麼說。

「當然難過囉。」教授說：「可是焦慮也沒好處，先冷靜下來吧。」

「我很冷靜。」潘說，然後掉頭走向自己的被窩，刻意放慢的腳步那麼從容不迫，因為要表現自己的「冷靜」，因為要掩蓋自己熱起來的眼窩。

她花了兩天醞釀自己的計畫，那天晚上，大家都去睡覺後，她安插了三位同夥在工作人員專用房間門外。阿俊想到了一個好點子，往地上多加了幾層棉被然後躺在上面，就好像他們只是換個地方睡覺一樣。他說：「這裡有攝影機，他們可能在監視一舉一動。」

隔天早上，四個人起了個大早，仔細地聆聽是否有移動的聲響傳出來，每個人都抱著多加的一條棉被。門轉動之際，第一個警衛走了進來，阿俊撲了上去，拿被子摀住他。事情比想像的困難，其中一個年輕男孩得趕去幫阿俊，才有辦法以兩人之力縛住警衛的手。

接著第二個警衛進來，高高舉著警棍，但氣急敗壞的話語也被罩上來的被毯鎮住。月台那邊的警衛發覺事態不對，頭已經轉過來觀察動靜。

「快啊！」潘對其他旅客大喊，她跟另一位年輕男孩正在跟警衛扭打，好緊緊地扯住被子以及警衛被扣住的雙手，還得把他壓在地上。「誰趕快把門守住！」

「快幫忙啊，快幫忙啊。」男孩們叫喚著。

沒有人伸出援手，一下子就有五六名被騷亂驚擾的警衛衝了進來，把同事頭上的被子拉開，拿出電擊棒往阿俊跟兩個男孩身上打。他們沒有碰潘，看見有女人加入滋事的他們一臉驚訝。「等一下！」她尖叫著：「拜託不要！」他們無視她的請求，又隨意踢了阿俊跟男孩幾腳才離開，阿俊因此流起鼻血。還順帶把本來裝得滿滿的推車一起帶走。

之後眾人又舉辦了一次投票，潘、阿俊還有兩個青少年早上不准再接近員工專用區域的入口。

「你們會讓我們惹上麻煩的。」燙了頭髮的女士斥責他們：「你們難道不知道我們什麼都得靠他們嗎？」

「我們本來都可以逃出去，只要你們多點人來幫忙就好了。」阿俊生氣地說，抓著頭，因為被棍棒打到的痠痛感還沒消退。

「沒錯，但就算成功了，我們又能怎樣？」臉又小又尖的男人說，他的落腮鬍僅是一抹淡淡陰影，每天早上總是霸佔洗手間：「你覺得我們不會因此受罰嗎？」

「我們只想出去，我們還有重要的事情要做。」潘哀求著。

「你是說我們其他人在外面都沒事好做嗎？」燙了頭髮的女士怒氣沖沖地說。

「這又不是警衛的錯。」建築工人開口了，大家都驚訝地轉頭看他，他很少發言表示意見。

潘整晚都沒跟任何人說話，但她決定把床單拉到月台的另一端作為反抗，好跟阿俊更靠近一些。半夜時分，她起床上廁所回來躺下的時候，全身繃緊神經，想知道他是不是還醒著。幾分鐘之後，她伸出雙手靠在他的被子上，停留了大概半分鐘後，他抓起她的手牽進被窩裡。她低聲地笑了起來，然後翻身滾到他的身邊。

他們受困兩個月之後，國營電視台派了團隊來對這群人做專題報導，還讓記者來拍攝他們的網球比賽，以及採訪受困的旅客。警衛畢恭畢敬地讓他們進來，好像他們是站長一樣，有個她們從沒看過的女人，身上佩戴著亮晶晶的徽章還有三角禮帽，一路跟隨監督。

記者在人群裡穿梭，找尋採訪題材。「有的時候我會很低落，但我相信政府。」燙了頭髮的中年女士說，嘴唇顫動著，那段影片當晚所有新聞頻道都播了：「我們會一起讓列車再動起來！」

回到攝影棚，主播點了點頭，對著鏡頭莊重定調：「古北口車站精神堅不可摧。」

隔天他們成了頭版報導的對象，標題寫著：「古北口精神」。報紙刊載了每個人的姓名，花了兩頁全版篇幅，還附上了他們的照片，以及一篇歌頌他們勇氣的社論，因為他們用「剛毅以及樂觀激勵了整個國家」。

那天早晨，警衛把買回來的報紙發下去，隨著閱讀，隧道裡的氣氛都變了。燙了頭髮的女士想多要幾份，他們答應會留給她。

早餐後，退休教授召開了一場會議：「是時候該團結起來，我們已經在這裡兩個月了，可能還會待上更久，全國人民都在關注我們。」他擺出一副循循善誘的架勢說：「我們必須做好榜樣。」

潘做了個鬼臉，轉頭想要看阿俊的反應，令她訝異的是，他目不轉睛地看著教授的臉孔，不停地點頭。

「看看這些垃圾。」教授一邊說，一邊比著他們飯桌旁邊的殘渣：「廁所也是一團混亂，我們必須要組織清潔小隊，大夥要有紀律，要按表操課才是。」

人群傳來一致同意的呼聲，他接著說：「我們代表了古北口精神，大家得要團結。」

很快地整團人草擬出任務清單，阿俊自願帶領起清潔隊，燙了頭髮的女士說她會協助帶領晨操，學校教師說她會給小孩子上課，還邀請有意願的志工加入。另外一個女人說她會組織小組協助定期洗衣，每個人每週可以洗兩件衣服，會在廁所的洗手台進行，建築工人則說他會幫忙掛起晒衣繩。

突然間休戚與共的感情緊緊聯繫起整團人，看來看去，潘也覺得自己的懷疑不那麼強烈了：「我會幫忙教孩子們算數。」她如此提議，感覺到老師的微笑擁抱、接納了她。

燙了頭髮的女士開始唱起列車女神之歌的副歌，笑嘻嘻地扭動自己的屁股，其他人看起來有些不自在，好像鏡頭對著他們一樣，但還是接著唱了起來：

「謝謝您的合作，請排隊、別推擠
做個文明的旅客，為自己好、也為別人安全
我們一同抵達目的地。」

聯合新聞播放之後，各方捐贈排山倒海而至，車站裡一開始先收到一整棧板的牛肉乾跟餅乾罐；接著有家商店送了好幾批全新的羽絨外套來；然後街角的烹飪學校主動表示願意讓學徒來替大家煮飯，從此每天都能收到兩餐剛煮好熱騰騰的餐點。讓一群人欣喜的是，有人捐贈了舊的點唱機過來，很快地不同的人輪流拿起麥克風，每天下午便由大家歡唱的歌聲點綴。

警衛也變得非常熱心，令人意想不到。看到電視上播了新款炸雞的廣告後，他們便帶了一些給大家嘗嘗；退休教授抱怨太冷，他們還送了電暖爐進來；大夥欣賞的影片看膩了，就有新的可以換。

「在這裡還比在外頭更好。」有些受困的旅客這樣開玩笑，其他人倒也同意。

偶爾還是會聽到廣播系統傳來：「下班列車將會延後到站，謝謝您的諒解。」但最近的間隔越來越長，有人去把音量調低了。有的時候，他們甚至會忘了自己還待在車站。那次新聞聯播報導後，越來越多記者帶著各種物資、慰問品前來，站長也訂購了沙發跟更多新電視。最近有部新的宮鬥劇，內容講述一對姊妹花總是情路不順的家族情史，大夥每天都聚在一起收看，不斷譏笑其中一個人，給她喝倒彩，然後替另一個人加油。潘的頭就這樣靠在阿俊的肩膀上。

同時，火車系統仍在全面成長。如果他們在對的時間點側耳傾聽，有時可以聽到遠方敲打、鑽鑿的施工聲。新聞主播說整座城市已經有二十八條線投入運作，等到年底，第二十九條線也會加入。有天晚間新聞的主播說：「帶著古北口精神，我們會持續努力，打造世界上最先進的列車系統！」

在月台上聽到這段話的群眾都紛紛喝采，他們對彼此越來越關心體貼，因為自豪而挺直腰桿。市長已經專門來拜訪，跟大家握手，還在寫有「古北口精神」的紅布條前合影。每天早上在跳完晨操後，大家都會繞著月台跑上二十圈，每次轉彎的時候，總是會因為避開別人不想撞在一起惹來一片笑聲。每天下午，他們會輪流照顧小寶寶，現在她已經長出蓬鬆的頭髮，有人看她的時候，就會露出陽光一般溫暖的笑容。

潘發現自己喜歡帶小孩時嚇了一跳，她現在會幫他們解數學題還有陪他們塗鴉。在大張的紙上，她鼓勵孩子們畫出叢林生態還有幾何形狀，紙上有一圈圈的色彩還有鑽石的圖案，他們把作品貼到了車站牆上。

只有在夜深人靜的時候，她的腦中才會心不甘情不願地出現有關父親的念頭。現在居委會肯定已經接手照顧他了，她這麼跟自己說。她覺得搞不好他根本不想念她，畢竟之前有些日子他已經神智不大清楚了。她自責地覺得自己真是個差勁的照顧者，總是長時間工作，沒有陪在他的身邊，如果他真的去到貨真價實的安養機構，狀況肯定更好。

但是躺在阿俊旁邊的時候，她還是輾轉反側，想要找到新的辦法逃跑。他們可以聚眾暴動，爬過閘門，一定有一部分的人可以逃出去。大家也可以絕食不喝水。

隔天早上阿俊總會溫柔地勸阻她，他說：「都這個關頭了，我們只要保持耐心即可。我們能做的都做了，你有沒有發現？大部分在這裡的人其實都過得很開心。」

阿俊起床去打羽毛球，最近他跟建築工人開始競爭地很激烈。潘厭煩地多吃了兩碗泡麵，因為也沒其他事情好做，然後便停下所有的動作。對面的體操女把伴唱機打開，開始跟其他兩個女人興沖沖地唱起歌謠小調，潘躺了下來，閉上眼睛，再度陷入深深的睡意中。

有天早上，警衛進到站內，在牆上貼上了新告示，上面寫著：「**注意，古北口車站正在進行軌道工程，請旅客在有進一步消息以前遠離列車軌道**」。

有那麼一下子這段話掀起了短暫的漣漪，但不一會就船過水無痕。燙了頭髮的女士勤奮地帶領有氧體操，進度有些落後，因為有一部分的人睡晚了，整群人都迫不及待想結束去吃早餐（今天菜色是炸香菇跟加榨菜的清粥，聞起來很香）。總之，這個告示根本沒什麼必要，阿俊跟青少年們很久之前就已經放棄在隧道裡頭找路出去了。

告示貼出後不久，又有一班車抵達，每個人都停下手邊的工作，在疾駛的聲音越來越大時抬起頭看，鳴笛聲聽起來煞有介事。有些小朋友往月台邊移動，但大人只是在原地不動，光看著而已。車子進站的時候裡面擠滿了人，他們看見裡頭灰頭土臉的通勤人群，在燈光下看起來疲累又氣色不佳。火車持續往前，沒有降低速度，不一會就消失了。

之後大人們又像最開始一樣小聲地交頭接耳，因為在幾個月之後突然看到這麼多陌生人，實在是很震撼的體驗，教授高聲說道：「太奇怪了吧。」好像是在說給自己聽的一樣。

「他們看起來很不開心。」有人說。

「活在外面的世界可不容易。」帶體操的女人點了點頭說。

有人把電視打開，晚間新聞又開始了，阿俊跟其他兩個輪值的女人四處穿梭，把餐盤疊在大收納籃中，這樣明天警衛就可以收走。

那天晚上的新聞談到了兩座煉鋼廠關門大吉造成的失業問題，好幾個星期以來的新聞都圍繞相似的主題，像是按著節拍敲響的鼓聲，經濟成長開始趨緩。在某幾個區域犯罪率開始攀升，新的主播建議觀眾要記得鎖門，看著畫面的建築工人歎著氣說：「真難過。」其他人都附和稱是。

在那之後列車每一兩天都會進站一次，有的時候會鳴笛，有的時候只是默默加速離站，關著燈的車廂漆黑一片。就只有兩次有看到列車載人，一次是跟上次一樣載滿通勤民眾的列車，還有一次有位穿著橘色工程背心的男人拿著手電筒，獨自一人在修理著什麼。

來的列車未曾減速、未曾靠站，雖然大部分的人都已經習慣忽略列車的出現，但他們的反覆出現還是讓一位婦人的精神瀕臨崩潰，她的臉上長著斑點，身上穿著織得拙劣的毛衣。每次車子離站時，她總會坐在角落搖來搖去，口中喃喃有詞，下一班列車抵達之際，她又會起身追趕甚至出手拍打疾速通過的火車車身，把一旁的人都嚇壞了。最後不得不在每次有列車過站時，限制住她的行動。他們說：「她這樣會受傷的，搞不好會掉進鐵軌裡。」但火車開始日日夜夜每個小時到站，要看住她根本不可能，最後他們只好叫警衛拿一段鐵鍊過來，把她栓在洗手間的排水管上。

他們挪了她的床單過來，然後在她前面放了一台電視機。他們對她說：「這是為了你好，我們不希望你受傷。」婦人一開始大聲哀號，但最後還是安靜了下來。

婦人讓潘想起自己的父親，下午時分她總會坐在她的身邊畫畫，老太太不時看著、或是幻想著什麼。潘開始在吃飯時間帶她的餐盤過來，確保她有好好按時吃飯。

「多吃點芹菜。」她說話的語氣好像在模仿照顧父親的口吻：「吃些水果吧。」婦人會隨著潘的意思發出各種不同雀躍的哼聲，不知道是她本來就已經神智不清，或是古北口的生活讓她變成這個樣子。

每次列車來的時候，婦人總會起身想衝過去，身上的鐵鍊匡噹匡噹響，好像火車跟她的家人曾有過什麼不共戴天之仇一樣。其他旅客低聲地交流彼此的揣測：他們受困的那一天，她正要去哪裡？如果他們得救了，她會發生什麼事？

「真是可憐人啊，又有哪個單位會要她呢？她能待在這裡真是幸運。」

教授倒是想到了一個聰明辦法，找到了許久以前的報紙文章，裡頭寫了所有受困旅客的名字。他們一起找到她的相片時驚訝極了，上面寫著她是一位會計。

一陣憤慨之意不約而同地爆發，教授說：「哪有可能，看她這個樣子。」

「一定是搞錯了。」其他人附和。

有一天，列車突然悄悄地來到他們身邊。事情是在入夜後發生的，孩子們正在月台的一邊玩耍，旁邊就是羽毛球網。一群人才剛吃完晚餐，那天吃的是燉豬肉跟白飯還有滷竹筍，盤子都已經疊起來放到一邊去，大部分的人都圍在電視機旁看偵探節目。潘靠在自己的椅子上，腿隨意放在阿俊的大腿上，身上舒舒服服穿著新捐贈來的上衣，是前幾天警衛拆給大家的，胸口前寫著**古北口精神**的大字。今天可能是週五，但也有可能是週二或週三，不重要了，所有的日子都已經混雜在一起。氛圍很溫暖、歡樂，退休教授已經開始在椅子上打盹，桌邊的幾個人看見之後都微笑了起來。

電視機的音量開得很大，他們之所以抬頭，只因為聽到了金屬跟金屬互相摩擦產生的嘶聲。望過去，一道光芒正穿越隧道前來，另一列車又要通過了。月台邊婦人站了起來，徒勞無功地拉扯鐵鍊，正想要往前衝，發出鍊條拍打著排水管的噪音。全部的人都皺起了眉頭，燙了頭髮的中年女士大叫：「給我冷靜！」

列車衝出時的噪音比平常都小聲，大家不一會就明白發生了什麼，因為列車沒有跑得很快，甚至還在減速，然後停了下來。下一秒，車門打開了，發出了歡快的笛聲，車子裡空無一人，裡頭光線昏黃，地毯又髒又破。

「停下來了！」有人驚呼，潘站了起來，看著敞開的門，心砰砰跳著，喜悅以及恐懼用同等的分量衝過了她每一分血管。

全部的人都不發一語，螢幕上的偵探正在衝下一段階梯，追趕著逃跑的女人。潘轉身到自己的鋪位抓起幾樣隨身物品，沒時間了，真的沒時間了：「阿俊，來了！」她叫道。

他還是坐著，慢條斯理地綁著鞋帶，眼神沒有轉向她。教授警告：「可能不安全。」沒有人移動。

還有一個人咕噥著：「我們應該先問一問，看發生什麼事了。」

「這可能是最後一次機會了！」潘呼喊著，但只有幾雙疲累的眼睛轉過來看了看：「**拜託**，給我起來！我們等了這麼久是為了什麼呀？」

列車的警笛開始響起，再一下子車門就隨時要關上，她尖叫著：「快呀！」但其他人都還是坐著不動。不可置信的她扭過了頭，不再看著這群人，然後朝著火車狂奔，穿著襪子的腳好像閃爍的白光。靠近月台邊界時，她聽見婦人的鐵鍊沙沙作響，那種內疚的心痛她感受到了，但還是繼續往前奔跑。兩名青少年起身加入了她，車門就這樣關了起來。阿俊大叫：「潘，等一下！」

她沒聽見他的聲音。站著喘氣的她，心情既激動又害怕，她穿過了這扇門。

LAND OF BIG NUMBERS

國家圖書館出版品預行編目(CIP)資料｜眾數之地／陳德平著；雷讓萌譯. -- 初版. -- 新北市：堡壘文化有限公司雙囍出版：遠足文化事業股份有限公司發行，2023.03 ｜ 320面；14.8×21公分. --（鑽石孔眼；2 ｜譯自：Land of big numbers ｜ ISBN 978-626-96977-7-9（平裝）｜ 857.6 ｜ 112000582

強國

鑽石孔眼02

作者：陳德平（Te-Ping Chen）

譯者：雷讓萌

堡壘文化有限公司　雙囍出版

總編輯：簡欣彥｜副總編輯：簡伯儒

責任編輯：廖祿存｜行銷企劃：許凱棣

裝幀設計：陳恩安

讀書共和國出版集團

社長：郭重興｜發行人：曾大福｜業務平臺總經理：李雪麗｜業務平臺副總經理 李復民｜實體暨網路通路組：林詩富、周宥騰、郭文弘、賴佩瑜、王文賓、范光杰｜海外通路組：張鑫峰、林裴瑤｜特販通路組：陳綺瑩、郭文龍｜電子商務組：黃詩芸、陳靖宜、高崇哲、彭澤葳、曹芳瑄｜社群電商組：黃志堅、羅文浩、盧煒婷、程傳玨、沈宗俊｜版權部：黃知涵｜印務部：江域平、黃禮賢、李孟儒

出版：堡壘文化有限公司／雙囍出版｜發行：遠足文化事業股份有限公司｜地址：231 新北市新店區民權路 108-3 號 8 樓｜電話：02-22181417 ｜傳真：02-22188057 ｜ Email ：service@bookrep.com.tw ｜郵撥帳號：19504465 遠足文化事業股份有限公司｜客服專線：0800-221-029 ｜網址：www.bookrep.com.tw ｜法律顧問：華洋法律事務所／蘇文生律師｜印製：中原造像股份有限公司｜初版 1 刷｜ 2023 年 03 月｜定價：新臺幣 420 元｜ ISBN：978-626-96977-7-9 ｜ EISBN：978-626-96977-8-6（PDF）｜ 978-626-96977-9-3（EPUB）